童女之舞

曹麗娟

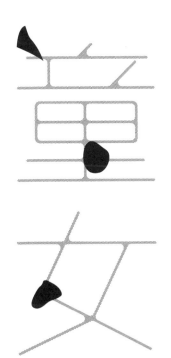

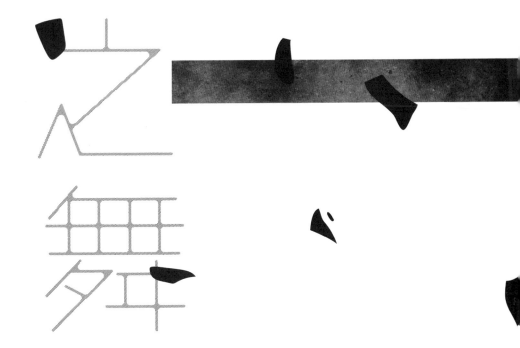

〔自序〕

天真的禱詞

曾答應將來把〈童女之舞〉手稿捐給國立臺灣文學館，搬了幾次家都只發現乾淨謄寫的影印稿。那手稿呢？塗改的初稿呢？難道是哪次失心瘋扔了嗎？對那樣的自己也只能乾笑並同情起來。

寫童女二〇二〇祝福版新序，起始句無比艱難。一方面慶幸這本小說的創作原型並未複製任何生命關係人，無須在多年後面對時移事往，卻也因此更加無線索閃避，只剩下非談不可的自己。電腦前反覆敲擊鍵盤，一階階攀返舊老閣樓，那裡已變得窄小陌生。我梭巡八方翻找摳掘，期待某處藏留了天真禱詞的遺骨。小心剔刷垢土伸指摩娑，是嗎不是嗎，轉頭又被另幾堆已褪白的碎屑召喚，一時墜入光塵縫隙忘情撿拾不可能復原的拼圖。唉這真是一個以隔離自身於小說之外而沾沾自喜的小說作者的窘境——慣於小心不在虛構裡暴露過多自我關鍵詞的我，返身走近自己虛構的入口，竟然還是情怯盤旋起來。這時候我多羨慕小說讀者所擁有的任意門。

或許最終，我唯一獨有的記憶，是創作過程變身哨兵於無人邊境，伸手領旅渡者一個一個自幽深邈遠處走來，與他們並肩時我雙眼直勾勾攝存那些皮褶血脈與鬢頰毛孔歙合，那時候只有我與他們，那麼美好的完全自私霸道的深情，我扶起他們下頦撥開他們額前瀏海，一筆一筆，為他們描出眉眼鼻唇。

非常遠了。遠到足夠徹底更換回憶標誌，夠拆除幾座天橋或鑿造幾條地底軌道，夠消亡或重建許多名詞動名詞甚至速度。在這樣的基礎上我發現，要寫出回憶裡可靠的東西，恐怕避免不了必須記述某些不滅物事。

〈童女之舞〉發表距今甚至將近三十年（一九九一），當時自校園野放至出版界正迎接解嚴浪潮的我，就要三十歲，距離大二寫下第一篇小說已久，之前我一直以為自己靈魂將安放於劇場與詩，不曾動念再寫小說。意外起筆，只能說是被召喚之神的雷火擊中。那是春日陰雨下午，茶館裡等人，倉促未攜書也沒帶筆記本，久候，把店內都窺盡便無事可做。我低頭注視起茶水漾映的光點，伸手搖起了瓷杯。搖著搖著浮洸旋轉，茶汁如浪溢堤沿杯身而下，答答滴在糙白紙墊緩緩染暈成一片一片枯薄落瓣，我望得出神，頓時有誰在耳邊說：「其實，我一直想送她一朵花，那種紫色玫瑰，半開帶著水珠……」速速往手袋裡摸出筆，翻過杯墊背面逐字記下，又起身向侍者要便條紙刷刷繼續寫，一口氣寫下數百字。

帶著這幾百字繼續上班生活，深知自己不是那些句子裡的「我」亦不是「她」，這只能是一個久未觸及的虛構，亦察覺這虛構背後惘惘的切膚惆悵——孤身來到三十歲隘口，女孩們青春期以來連體嬰那樣的結群嘻鬧已經被安全分割成一個個單獨發配，前往各自的遠方。她們熙攘於途，沒有人會談論她們之間其實才不是姊妹淘而是彼此初戀。那是一九九一年，臺灣社會甚至對同性戀三字仍普遍難以啟齒。我極目所及白茫茫一片或許只剩慈悲的微風送來一點點氣味，但往前走著走著，漸漸也什麼都聞不到了。

〈童女之舞〉完稿那晚，站在賃居的城市邊陲舊公寓四樓窗緣，我平靜看向樓下轟隆而過的水泥車，十幾公尺下面路基震動似乎隨公寓薄磚竄上了牆根腳底，「嗯那邊真的要蓋大樓了。」我心裡對自己說，回頭摺好稿子收好筆。那邊再過去就是我的少女時代，多年前與女孩們租屋共居之處，不曾讀過女子高中的我虛構了屬於她們的女子高中，故事裡盡可能不讓自己介入人物內在更多以便空出給每個人。女孩們已離散，結婚了出國了分手了陌路了。我邊寫邊覺得自己出奇滄桑，彷彿一個老婦給孩子說著故事。隔日攜稿出門郵寄，心底空蕩蕩，原來為了填實虛構樑壁所挖取的自己的肝腸骨皮，也一起打包在稿子裡了，我想用這方式在茫茫人群裡向女孩們揮手，「嘿，我都記得。」

路上藍天豔日，如在電影院裡燈光乍亮被切斷了長夢，夢醒站在尚未拆除的中華商場天橋底下，眼前平交道噹噹噹柵欄降了下來，疾馳火車捲起瘋狗浪般巨風刷一下又一下，霎時把還殘留眼底的什麼，悉數吹去。

在那樣喧嘩簇擠的路口，日光灼刺，刃般朝肌膚一刀刀刨下。人群包夾著我瞇眼往前，包夾著鍾沅童素心往前，被擠落的青春來不及拾起亦不珍惜，女孩們跨步，往左，往右，往隔世。也或者被神祕導航回頭，到更早八〇年代，我與舊情人在黑漆映廳裡望向屏幕，那是法國導演黛安柯蕊（**Diane Kurys**）一九八三年的作品，我們這輩文青女同志啟蒙電影，英文片名 *Between Us*，中譯「我們之間」。那時尚無「女同志」一詞，外文系舊情人依稀提起了莎弗與一個字：**lesbian**。喔，念了幾遍，但一無用處。那時我們不知道片子到二〇〇九年金馬影展還會重映，屆時會看清楚它的法文原名，**Coup de Foudre**，原來是 **Love at first sight**，噢，一見鍾情。

關係的命名，從我們之間，到一見鍾情，從語境的隱喻到意義的揭現，跋涉了二十幾年。

〈童女之舞〉得獎翌年我進入異性戀婚姻，一直到五年後發表〈關於她的白髮及其他〉，我生活的場域仍然沒有女同志，慈悲的風吹來一九九三年底《愛報》、一九九四《女朋友》問世與《島嶼邊緣》的酷兒專題，我看到了新的同志文本，或說，從文本認識更多女同志。〈關於她的白髮及其他〉寫掉一年多，每日數百字來回刪修揉擀，在文字能量極度耗傷的工作空檔，在關係無以為繼的婚姻夾縫，在日漸凝結的尖脆寂寞裡，每日與貓遁入稿紙方格進行自我祭改儀式，小說人物隨著時間愈喚愈多，我為自己虛擬了一個喧鬧的邦園。一九九六年〈關於她的白髮及其他〉獲獎，同月父逝，我在墳前燒了當期《聯合文學》與手稿，整理父親遺物發現他紅筆圈點的〈童女之舞〉剪報。我不知道他這麼仔細看過，那是我們父女從未觸及的話題。父逝同年我寫下〈斷裂〉，隔年發表〈在父名之下〉。當時有人問何以老寫同志題材，「其他小說不差我一個人寫呀。」我如此回答——難道我抽屜裡還有別的什麼嗎？有的，有別的自娱的小說、散文與詩，到了這年紀我終於向自己承認：「喂，你其實沒那麼厭世。」

這本小說集整個創作歷程重疊了我的編輯生涯。工作大量消耗了我在文學信仰上的能量與體力，那些年統籌撰修改寫的文字量超過三百萬字，不包括其他庶務和語言情感、想像與書寫上的耗損，這是創作者在現實生活裡的艱難處境。

〈童女之舞〉短篇發表到小說結集，歷經八年。拖如此久，除了寫得少，關鍵是紙本養成世代對於作家職銜太純潔的敬畏，是射手座對束縛的恐懼，我一直未曾積極想要成為作家。拖到一九九九年，《童女之舞》終於出版，同年我也終於得以辦妥離婚登記，巧合總結了生命的一個階段。

二〇〇〇年母親病倒，失憶前她牢牢銘記了我攜手至今、當時的新任情人，餐桌旁母親總坐她身邊叮嚀：「多吃一點。」病榻上母親數算七個兒女，獨獨不認得我，「媽媽，我是誰？」我每次問，母親每次都像面對陌生人客氣歉笑搖頭。我指指情人又問：「媽那你認得她是誰嗎？」母親毫不遲疑朝我情人慈愛微笑：「伊系××。」

胸口上被母親遺忘的痛楚，及時被溫柔清創。母親離世前戲劇性消除了我的檔案，以我情人之名覆之。作為一個令雙親操心而自疚的么女，母親鬆開的雙手釋放了我，我欣喜她不再為我煩憂。她留下的笑容裡有愛，即使並未直接朝向我。

二〇〇一年後我開始在網路社群結識各行各業女同志，從匿名的文字交流到相認。我被展示發黃的〈童女之舞〉剪報，被鄭重致意並傾訴更多關於初戀的心碎往事。後來我才知道，有人在十餘歲結識童女，或二十餘歲，或三十餘歲。大學女孩在她母親桌上發現這本書。高中女孩下課繞至書店，把架上不能帶回家的《童女之舞》取出拂拭再擺好彷彿寄存了自己。也有男孩因著故事憶起青澀純戀的那女孩而忽忽盈淚……二十年間一本一本被買下的《童女之舞》，在書市跑道上我的讀者頑強寧靜以蝸步爬行不輟，每看到出版社寄來的銷售報表，看著三本十本幾百幾千上萬本書被帶回家，我總震動起雞皮疙瘩。這是在書寫當時完全不曾意識的。我不知道這本書將觸及幾乎三個世代讀者，不知道自己將被帶到他們面前，故事疊上他們眉眼，疊上十七歲皎亮額頰，疊上六十歲的霧濛瞳仁，疊上女性男性，同性戀或異性戀。

我與幾位讀者成了摯友，甚至在家裡廚房為她們燒菜烤麵包。當她們在我面前以一種日常的語氣評論著誰「哎呀那不就童素心」，我又如何能說自己屏隔於作品之外？這漫長的旅途，《童女之舞》已經去到比我能去的更遠處，虛構所攜回的深刻真實已經像點滴輸液那樣在我靜脈裡，悄悄重建了虛構。

回到書寫，我化身小蟲，腐土是我額上鑽飾，我匍匐前行，追隨微風穿過月光下溼潤苔叢，蠕動時掉落的哀愁或幸福屑屑都不用撿，都堆留在原地餵養新的孢子。在書寫裡，所有過重的你都可以從輕發落。螞蟻可以拉動體重五十倍的東西，獨角仙可以拉體重的一百倍。書寫時我也可以是動態視覺強大的花栗鼠，如果人類必須以每秒一千格以上的畫面才能看清牠們打鬥細節，那麼成為花栗鼠的我也在分割又分割感知，辨認比髮絲更細、摻夾在糊狀語意裡的一丁粒果核。所有寫作痛苦時刻我總拍哄自己，再沒有一種遊戲可以讓你瞬間從犀牛變成螞蟻，從大象變成花栗鼠，尤其回到路癡又老是打翻東西的笨重人類生活，擁有小動物時刻，多麼值得竊喜。

我感到幸福，《童女之舞》陪我走到這裡。雖然多年後看自己作品很難不加入閱讀者的解構行列，但二〇一八年底臺灣社會一場荒謬的反同志平權公投，令我對於這些如今看來未盡滿意的作品，一點都不想介意。我想起公投前後面對的孩子，尤其在〈童女之舞〉問世後才出生的世代，想起公投前那些反同者扭曲仇惡的言論齜嘯如史前野獸，想起無寸鐵無盾甲的幼弱靈魂如何悲憤驚懼被撕咬，想起他們終要獨自面對的往後，我甚至懷疑〈童女之舞〉是否應該寫成一個喜劇。

〈童女之舞〉於報紙副刊發表的一九九一年，世界尚無一國家立法保障同性婚姻，僅丹麥允許同性伴侶進行登記。臺灣第一屆較具規模、公開的同志遊行被記錄於二〇〇三。年復一年，同性戀者繼續出生、成長、老去，繼續愛恨、受創、清創、戰鬥。直到去年（二〇一九），臺灣的同性婚姻法案正式生效，成為世界上第二十七個、同時也是亞洲第一個同婚合法的國家。此時童女第一代讀者已經一個個來到更年期，我的摯友甚至有人已經不在了。

「可以結婚了啊！」轟轟慶典聲中我一轉身，眼前星垂平野，月湧大江，光陰窸窣如細草微風。

創作者最大的動能永遠不在尋取安慰或解答，而在敲擊、追問。小說能留下的大抵就是小蟲蠕動的路線參考圖。三十年後展開這張地圖往回走，我慶幸自己仍能摸到蹦蹦跳動的初心而非殘骨。初心透過虛構所喋喋不止的，意外預留給往後世代也給我自己的，竟是極直簡的兩字：祝福，是幸好我未與之裂解否則不會寫下的，天真的禱詞。

目次

青春與愛，熱與光，似點點星火向前焚燃。

童女之舞

十六歲的時候，有一次我跳沒有配樂的獨舞。舞畢，觀眾中有一人大喊：「看啊！這是死亡與童女之舞。」此後，這支舞就叫這個名字。

——Isadora Duncan（伊莎朵拉．鄧肯）

其實，我一直很想送鍾沅一朵花。

那種淺紫色的玫瑰，半開，帶著水珠。

你見過那種紫嗎？如果你染過布你便知道，那是一種很難控制的色澤，偏紅不對，偏藍不對，偏亮不對，偏暗也不對。不是染劑比例的問題，也不是色層順序的問題，那絕對無法控制。即使染出來了，也只是碰巧，第二次你絕對無法控制。還有，它不是均勻的紫。還有，你絕對找不到一種胚布的質感像那種花瓣的質感。

第一次見到那種玫瑰，那種紫，我就想送鍾沅。我也曾以每朵十三到十六塊不等的價錢，買過一朵又一朵半開的、帶著水珠的紫玫瑰，但我從不曾將其中任何一朵交到鍾沅手中，因為，是的，因為鍾沅根本不愛花。

1

那年夏天我們十六歲，在南臺灣最炎熱的城市。藍天空洞得駭人，彷佛可以吃掉天底下的一切；柏油路淌著汗冒著煙，彷佛就要融成汩汩黑河。就在那樣熱得人無所遁形的炎炎九月，我們考上那城市第一流的高中，並且相遇。

那天早晨我去註冊，就坐在公車最前頭的位置。途中某站乘客都登車畢，司機剛踩油門，卻見前方有個女孩向司機招手，疾疾前奔。我不由得傾身看那女孩——不只因為她穿著和我同樣的制服，不只因為這所女中的學生沒有人像她那樣把白襯衫放到黑裙子外面，不只因為她的百褶裙短得只及膝蓋。我會看她，是因為清晨的陽光剛好從路樹枝縫間篩下，圈圈塊塊灑在路面，她就穿過那一地參差光影，兩隻著白鞋白襪的腳交錯騰空、落地，遠看竟如奔馳在崎嶇岩地的蹄子一般！

你絕對可以說這太湊巧，因為我們竟然同班。

兩個同班又搭同一路公車的女孩如何結成死黨毫不傳奇，兩個十六歲的女孩自相識之初便迅速蔓延著一種肆無忌憚的親密，也不需要什麼道理。每天早晨見面，鍾沅必定從左胸口袋裡掏出一朵花給我，有茉莉，有梔子花，後來也有桂花。每節下課鈴一響，鍾沅必定拉我頂著烈陽在新鮮的校園四處探險，直至上課鈴響方橫越操場一路奔回教室。鍾沅進教室有個招牌動作——當然這得拜她那雙蹄子般的長腳之賜——她從不好好走前門或後門，而是高高撩起裙子，自窗口一躍而入。我每每先回自己位子坐好，轉頭看鍾沅單手撐著窗櫺，兩腳一提，輕輕落地，從不失誤。

後來我才知道這是鍾沅進教室的基本動作，從幼稚園到高中行之多年。她自小就是個瘋丫頭，千篇一律的教室格局和一成不變的上課下課令她生煩，便來點變化以自娛。國中之前，她是在男生堆裡「混」的，國中她念了私立女中，面對一干文靜用功的女同學，她頓失玩伴，只好把佻野的玩勁拿來運動，加入了排球與游泳校隊。跟鍾沅在一起，我那懵懂的十六歲心智彷佛對人與人之間的感覺開了一竅，乍然用心動性起來。鍾沅則說她初見到我那兩隻生生嵌在臉上的圓眼睛，便想問我是否看到另一個世界。當然，我們之間，到底是誰先喜歡誰至今仍是未了公案，然那早就像無數開天闢地的神話一樣，無關合理，也不須論證了。

那天，鍾沅開始加入我們學校的泳隊集訓，我背著書包立於池畔等她。昏暗天色裡我尋找著池裡的鍾沅，突然池邊的燈一柱一柱放出光芒，我瞧見兩隻溼亮的手臂迅速划開蓬蓬水花朝我游來。到了池邊，鍾沅倏地自水中躍起，柔軟光滑像魚一樣。水自這條直立的魚的髮梢滴落，沿著臉龐、頸子……一路淌下，在腳丫周邊蓄積成灘。我仰首看鍾沅——她高我甚多——她的黑髮搭貼在腦後，襯得一張臉水亮清明，那頸上的血管、懸垂在下巴尖上的水珠，還有嘴唇、鼻子、眼睛、眉毛……我一下子看呆了。眼前的鍾沅像尊半透明雕像，自裡隱隱透出一道十六歲的我從未見過的光。霎時，如魂魄游出軀殼般，我忍不住伸出手碰觸光源……

當我的指尖碰到鍾沅那溼涼富彈性的、呼吸的肌膚時，我才轟然一醒，回過神來。一股混雜著奇妙、驚懼、興奮、羞赧的熱流在我體內疾速奔竄，我無措地垂首。鍾沅近前一步，托起我垂下的臉。她呼出的氣息往我面前一寸寸移近，我無助地闔上眼。鍾沅的唇往我眉心輕輕一啄……

從此，每天見面分手鍾沅必定在我眉心這麼輕輕一啄，不管是在校園裡、公車上、馬路邊。我一方面貪溺於這奇妙美好的滋味，一方面又看到了周遭異樣的眼神。我不禁開始惶亂憂懼著——一個女孩可以喜歡另一個女孩到何等程度呢？

那回我們去看《殉情記》，回家的路上鍾沅突然看了我好一會，「你知不知道你有點像奧莉薇荷西？」

「哪裡像？我才不要死！」

「嘿，死的是電影裡的茱麗葉，又不是她。」

「反正我不像。」

我定定看著這個跟我手牽手的女孩，突然一股莫名的委屈與不安襲上來。我覺得自己像個傻子，打從我坐在公車上第一次看到她我就像個傻子。我根本不會打球，不會游泳；我的個子那麼矮，頭髮那麼短，裙子那麼長……我跟她，完全是兩個世界的人。

突然我放開鍾沅的手，「我們不要在一起了，我跟你不一樣，好彆扭。」

鍾沅怔忡半晌，也不看我，只是直視前方沉沉道：「隨便你。」

此後一直到翌年夏天，我天天提早出門延後回家，錯開鍾沅搭車的時間。在學校，我沒有再和鍾沅說過一句話。

高一下，期末考前，週末下午我在圖書館念書，念著念著忽聽到群蟬齊嘶，吱吱直搗雙耳。我摀住耳朵，那聲音卻以更高的頻率穿透耳膜，直貫腦部。我再也坐不住了，只有收拾書包離開圖書館。炎熱的午後我背著書包彷彿迷路般茫然行走於校園，最後來到從前與鍾沅常去的側門老榕樹下。坐在樹底攤開書，猝不及防的豆大淚珠竟啪答擊中書頁——晴天朗朗之下，我再也無處閃躲，天知道我是怎樣捨不得她。

鍾沅竟翩然而至。

「嘩！你！」她驚呼。

鍾沅略顯尷尬地隨即轉身把一隻腳頂住樹幹，假裝彎腰去繫鞋帶。我抹掉眼淚，側頭看她。她繫鞋帶繫得很慢很專心，頭髮垂下來遮住大半個臉，鼻尖上冒著一粒粒細小的汗珠，簾子一樣的長睫毛一動不動。繫好一隻鞋她換另一隻。最後——似乎準備好了——她挺腰站直，拍拍手上的灰塵，撥開汗貼在頰上的一綹頭髮，朝我咧嘴一笑：「嗨！」

背光站在我面前的鍾沉看不清是什麼表情，彷彿還在咧著嘴笑……她沉重的影子蓋住我，我抓著書本陡地起身。

「嗨！」我幾乎喘不過氣來。

「我正要去游泳。」她說。

「哦。」

「要不要一起去？」

「我不會。」

「教你，很簡單。」

「我沒有泳衣。」

她想了想，「我的借你。」

我猛搖頭：「我們個子差那麼多……」語未竟，鍾沅已一手抓起我的書包一手拉著我鑽出榕樹旁的小門，直奔馬路。

到公車站牌下，鍾沅鬆開我的手，也不看我，只是咬著指甲張望車子。我把那本還拿在手裡的書收進書包，一時之間覺得熱氣難擋，眼前的柏油路升起縷縷焦煙。我搓搓手，手心都汗溼了。

我們在八德新村下車。鍾沅父親是飛官，所以她家比眷村裡一般人家大而且新。打開鐵門，入眼是寬敞的院子，一大蓬高高的軟枝黃蟬冒出牆頭，靠牆左右兩排花壇，種著茶花、杜鵑、茉莉、菊花以及許多我叫不出名字的花。一輛橙色單車站在屋前的桂花樹下。我想起從前鍾沅每天早晨送我的花，大約就是院子裡摘的吧。

「喏，」果然鍾沅彎腰摘了一朵茉莉遞給我，「我反正不喜歡花。」屋裡沒人，大白天卻還亮著燈，薄弱的黃光在敞亮午後顯得突兀而多餘。「每次出去都不關燈。」鍾沅啪答關了燈，轉身補上一句：「我說我媽。」旋即進房。

客廳櫥櫃上層擺著一張嵌在木框裡的大照片，想必就是鍾沅的全家福——只有三個人。她父親極挺拔，偎在他旁邊的鍾母只及他耳下。鍾沅母親雖嬌小，但那懾人的年輕美貌與倩笑卻是中年女子少見的。我發現鍾沅那雙單眼皮長眼睛、菱樣的上彎嘴角以及尖下巴是得自她母親，而挺鼻梁與身長則得自她父親。

房間裡傳來砰砰聲響。「童素心！你進來一下！」鍾沅喊。我應聲進房。鍾沅面對一排攪得天翻地覆的衣櫃坐在床沿，手裡拿著一件紅色泳衣。「喏，就這件，我升國二暑假買的，沒下過幾次水就不能穿了。你一定可以穿。」

那天下午從八德新村出來，我們便乘著鍾沅那輛橙色單車在街上瞎逛，因為我月經來，沒辦法下水。「所以我好煩當女生。」鍾沅說。她提議去釣魚、溜冰、看電影……都被我一一回絕。也許是因為太熱，也許是因為期末考的壓力，也許是因為經期的情緒低潮，總之我極其躁悶不耐起來：「你不覺得我們這樣子很無聊嗎？」

鍾沅挑眉橫我一眼，沒有說話。

一路上，我坐在單車後座，目光所及剛好是鍾沅的背。白襯衫迎風鼓動，隱約可見裡頭的胸罩樣式——三條細細的象牙色帶子，一條橫過背部，兩條直越左右肩胛。我突然發現鍾沅直接就在胸罩外套上襯衫，不像我還在中間加了件背心式的棉白內衣。這遲來的發現令我恍然大悟——我和鍾沅，都是不折不扣的女生，即使我們穿胸罩的方式不一樣，即使我們來月經的時間不一樣。

就在我家巷口，鍾沅讓我下車。

「我很可能會留級。如果留級，我就轉學。」說完，她疾馳而去。

我凝望鍾沅遠去的背影，只覺胸中有股氣窒悶難出，脹得胸口疼痛不已。

高一結束，鍾沅果然留級了。高二開學前幾天，我接到她寄來的一封短箋。

「我轉學了，再見。」

沒有稱謂，沒有署名。短箋裡夾著一小把壓扁的、碎成乾花末的桂花。秋天還沒來，我知道它當然不是那年的桂花。

再見鍾沅，已是兩年後的夏天。

聯考過後一日下午，我倒在榻榻米上邊吹電扇邊看《威尼斯之死》，在悶熱的天候與阿森巴赫的焦灼裡，我昏昏盹睡過去。睡夢中，依稀有熟悉的呼喚自遠方傳來。「童素心……童素心……」我翻了個身，在夢境與實象之間混沌難醒。「姊，有人找你。」突然妹妹來推我。

我吃力自榻上爬起，蹣跚走出房間，穿過客廳去推開紗門。霎時，兩隻惺松睡眼被突如其來的烈焰燙得差點睜不開——鍾沅！

她跨坐在橙色單車上，單腳支地，另一隻腳弓起跨在我家院子的矮牆頭。一件無領削肩的猩紅背心並一條猩紅短褲，緊緊裹住她比從前更圓熟的軀體，裸露在豔陽底下的黝黑臂腿閃閃發亮。她習慣性地撩開額前一綹頭髮，頭髮削得又短又薄。

半晌，我發現鍾沅也在打量我。我不由得摸摸兩個多月沒剪且睡得一團糟的亂髮，再低頭看自己——寬鬆的粉紅睡袍，上面還有卡通圖案與荷葉邊呢。我朝鍾沅赧然一笑，鍾沅也朝我笑：「去游泳？」

海邊滿是人潮。這個南臺灣的炎夏之都總沒來由地令人騷浮難安，數不清的男男女女只有把自己放逐到島的最邊緣，尋求海洋的庇護與撫慰。

我和鍾沅坐在擋不住烈陽的傘下，好一陣子沉默。

「你都沒長啊？這件泳衣還能穿！」鍾沅忽道：「還有這撮頭髮，」

她側身摸摸我後腦勺，「還這麼翹。晚上帶你去剪頭髮，打薄就不翹了。」

「不行，我不能剪你這種樣子，我頭髮少，而且臉太圓。」

鍾沅兩手托住我臉頰，左扭右轉，認真端詳。

「嗯。」她點點頭，「留長好了，你留長髮一定很好看。」

接著鍾沅打開背包，探手往裡翻攪，找出一瓶橄欖油。她旋開瓶蓋，倒了些油在掌心，便繞到背後為我塗抹起來。

我想當時鍾沅的指尖一定感覺到我汗涔涔的背部霎時一緊，可能她也感覺到我的顫慄了。我抑遏不住地挪動身子——長到十八歲，除了母親和妹妹，這是第一次有人碰觸我裸露的肌膚，而且這人是鍾沅。「那麼怕癢！」鍾沅帶笑的聲音自身後傳來。

鍾沅按住我肩膀，在我背上輕輕搓揉——我頓時從嘈雜人聲與炙陽海風中抽離，一股不知來自何處的熱流貫穿全身，像要將我引沸、融穿一般。鍾沅的手在我背上滑動，左——右——上——下……我歙張的毛孔吸入她暖烘烘的鼻息。她的手指彷彿有千萬隻，在捏著、揉著、爬著，我的身子不住往下滑，怦怦心跳催促我，催促著……啊，我整個要化成一灘水流在這沙地上……

不知過了多久，鍾沅將瓶子交到我手中。

「手腳和臉也擦擦，不然會脫皮，很痛的。」

我悠悠回神。「你不擦？」

「出門前就擦過了。而且我常這樣曬，沒關係，你看我都已經曬得這麼黑。」

擦完，我將瓶子遞給鍾沅。

「想過我嗎？」突然鍾沅說。

「什麼？」我一時沒弄懂。

「算了，沒什麼。」

其實我馬上就懂了，只不知該如何回答。

「你呢？」我問她。

鍾沅鬼鬼一笑：「跟你一樣。」

黃昏後人潮逐漸退去，我和鍾沅才下水。我那在體育課被逼出來的泳技極差，只能勉強爬個十公尺，鍾沅不一樣，她根本就是條魚。她游來竄去，忽而將我按入水中，忽而潛入水裡扯我的腳，直鬧到我筋疲力竭，才放我回到岸上。

我躺臥沙灘靜聽濤聲。涼風襲來，鹹味淡淡，片刻間，我感到前所未有的暢快歡欣。鍾沅如此之近，海如此遼闊，沙地更穩穩實實地接納了我，一切曾委屈、憂懼、恓惶無措的，都暫時遠去。

不久鍾沅也上岸了。我一動不動躺著。她掀掀我眼皮，按按我胸口，又碰碰我鼻孔。「嘿！」她叫。我不作聲。「童素心！」她又叫，我依然不作聲。「你死掉啦童素心？」鍾沅大喊：「童——素——心！」隨即往我腰側一捏。

我尖叫著翻身滾開跳起來，鍾沅在一旁鼓掌大笑。

回家的路上，我們走走停停，不知哪來一股瘋勁，又哈癢又捉迷藏玩得好開心。快到我家時，鍾沅搖頭晃腦地吟哦起來：「童……素……心……」

「幹嘛？」

「沒幹嘛，你家到了。」

我才剛從後座跳下，鍾沅便掉轉車頭，揚長而去。

我怔立巷口，搞不清楚鍾沅到底怎麼回事。忽地，自漆黑的馬路彼端傳來一聲驚天動地的呼喚：「童素心！」鍾沅扯開嗓子沒命放聲：「童素心！我——想——你！」

我木然站在原處，極目凝望黑暗盡頭，隱約可見鍾沅定定不動的形影。我緩緩張開嘴，也想對那頭的鍾沅大喊。聲至喉間卻窒塞難出——那一切曾經委屈、憂懼、恓惶無措的，又蔓延周身，將我牢牢捆得動彈不得。

終於，鍾沅還是走了。

大一寒假我又見到鍾沅。那晚是年初三，我們坐在河堤邊，鍾沅已經開始抽菸，抽一種綠色包裝的玉山菸。她一樣抿著微翹的彷彿含笑的唇，過一陣吸一口菸，白騰騰煙霧好像從她的嘴巴、鼻孔、眼睛、耳朵一股腦兒冒出來。她說抽菸讓她覺得比較不那麼冷。

是真冷，我。這回鍾沅是來告訴我她已經懷孕了！

她跟的人已經在牢裡，她叫他石哥。石杰大鍾沅七歲，也是他們八德新村的。事實上石杰的弟弟石偉才是與鍾沅一淘玩大的哥兒們，石偉上官校去圓他的飛行夢去了，石杰則跑了幾年船，最近才回來。鍾沅跟石杰在一起不過短短兩個月，卻已見識了許多新鮮玩意兒——場子、應召站、兄弟、大麻……還有，性。

鍾沅平靜說著，像在說別人的事。

「會不會痛？」我竟先想到這個。

「你說第一次？」鍾沅很認真想了想。「還好，是那種可以忍受的程度。可是奇怪，我沒流血。」

「報上說運動、騎車——」

「嗯，有可能。」

「你為什麼……不避孕？」我盯著地上的菸蒂問。

「其實才，兩次吧，都很突然。」

「不能不要做嗎？」

鍾沅看著我，沉思片刻。

「我沒有拒絕，因為我很好奇，我不知道男生和女生有什麼不一樣……做了以後我才曉得做愛很簡單，不過可能還有一些別的什麼吧。」

「什麼？」

「比方說——」鍾沅把菸扔到地上踩熄，然後跳上堤防坐在我身邊，抓起我冰涼的手指頭一根一根玩。「比方說，我在想，兩個女生能不能做愛。如果我是男生我就一定要跟你做愛。」

「那懷孕怎麼辦？」

「你是說我們還是我？」鍾沅拍了一下我的頭，笑道：「傻瓜，拿掉就好了嘛。」

「嘿！」她好像突然想到什麼，陡地放開我的手跳下河堤。「我們來放沖天炮。」說著走向單車拿背包。

我也跳下河堤。鍾沅掏出一把沖天炮、兩個裝了石頭的可口可樂罐，兩枝香。原來她都準備好了。

我們把罐子擺在河堤上，插進沖天炮，點燃兩枝香。點香時，鍾沅側頭問我：「你說我們第一枝炮要慶祝什麼？」

「慶祝過年。」

「好，慶祝過年。過了年我們又長大一歲嘍！」鍾沅按下打火機，那一小盞火光映得她的眼睛又亮又大，她笑得那麼開心。「第二枝炮慶祝我們見面。」

兩枝沖天炮「咻——」一飛沖天，在寒冷的夜空畫下兩道細小卻清晰的弧光，然後消逝在遙遠的遠方。

隔天，我們照約定的時間去醫院，醫生是石杰的朋友，關於安全和費用我們都不必操心。坐在手術室外，我回想鍾沅躺在手術臺上的模樣，打了麻醉劑之後她便閉著眼睛安靜睡著了，連眉間都那麼平，彷彿作著香甜的夢。她裙子下面的兩隻腳敞開來，分別擱在兩頭高高的金屬架上。那兩隻會跳躍打水、蹄子一樣美麗的腳……我還是忍不住哭了起來。

那晚我留在鍾家，半夜醒來，見鍾沅斜靠床頭不知想些什麼。「還痛嗎？」我問她。她搖搖頭：「和月經來的感覺差不多。我在想，今天在醫院好像作夢一樣，我只記得躺下去，打針，然後醒來……我什麼也不知道，什麼也沒看到——童，你知道兩個多月的胎兒有多大嗎？」

我沒作聲。

「這麼小。」鍾沅伸出食指和拇指比畫著，「醫生說，大約五公分。」她飄忽一笑，「只有這麼小。好奇怪，我們竟然都是從那麼小變成這麼大的。」

我推開被子，靠到鍾沅身邊，抓起她的手緊緊握住，心口彷彿裂開一個深不見底的洞，好痛，好痛。

同年夏天，鍾沅終於考上大學。

2

從南臺灣到北臺灣，我們在異鄉繼續未完的青春，一步步向成人世界邁進。

離開了故鄉的藍天豔陽，高中時期的往事彷彿突然失去它最適切的布景，怎麼擺都不對勁。終於，一種不知道是誰先發起的、迥異以往的新模式，在我們之間逐漸成形。

我自然已蓄起長髮，而且還是奧莉薇荷西在《殉情記》裡的那種長髮。另外，因為好奇以及其他原因，我開始和學長姚季平談著不知算不算戀愛的戀愛。

至於鍾沅，她當然不可能把時間花在功課上，除了游泳她另外迷上跳舞、電影、小劇場。不過令她在校園裡聲名大噪的倒不是這些，而是平均半學期換新一次的戀愛事件，對象男女有之。

這樣的情況下我們反而比以前更常見面了，只是難得單獨見面。鍾沅每有新歡必定踩著我宿舍後山那條小路來見我，我和她的歷任情人皆相處甚歡，她和姚季平也很能哥兒們一番。偶爾，她會悄悄在我宿舍留下她母親給她的巧克力、香水或 Coty 乳液、瑪莉官口紅；偶爾，我會寄給她兩本沈從文、魯迅或老舍的盜版書。彼時化妝品還沒開放進口，大陸作家的作品尚未解禁，藉這些不易取得的東西，我們溫習著或許已經不存在的默契。

鍾沅對季平的真實觀感我不得而知，而我與她眾情人是否真能相處甚歡，也只有我自己明白，尤其是一個喚小米的女孩。小米是鍾沅第三任女友，交往最久，幾乎整整一學期。她頭一次與鍾沅來看我，我便大吃一驚，她留著與我一模一樣的中分細鬈長髮，額頭比我還高，眼睛比我還圓還大，個子比我還矮。無論說話、行走、坐臥，她都旁若無人偎膩在鍾沅身邊，兩眼瞅著鍾沅不曾移開。她的肆無忌憚是溫和的，卻直逼鍾沅。

然而她們還是分手了。

小米單獨來找我，我看她神色便覺不妙，果然在她背包裡搜出一小瓶氰化鉀（她是化學系弄這東西不難）。我望著小米那張因過分抑制激動而變形的娃娃臉，再看看那瓶奶粉一樣，可以迅即致人於死的東西，一時百感交集。我不能躲避自己說我一點也不在乎她們分手，甚至我可能還有某種竊喜的成分，但，鍾沅啊，我竊喜什麼？小米可是想尋死的。頓時，我憤道：「鍾沅那個人你還不懂嗎？要跟她在一起就要有她那種本事！就算跟她一直下去又怎樣？你想過沒有？做一輩子 Lesbian 啊？你不苦不累不怕？別傻了，鍾沅的新歡可是個男的！」

一段話說得我脊骨發涼——這是說給誰聽？我何時蘊積了這麼多不平之詞？我又不平什麼？思及此，我才發現自己是左手握著瓶子，右手緊攥拳頭，幾乎暴跳起來吼出這麼一段流利至極、抑揚頓挫的話語。

小米呆視我半晌，抹去眼淚，恍然道：「我的天！童素心你比我還慘。」

此事我在鍾沅面前隻字未提，也許小米也並未向她說起，總之，鍾沅依然帶著她的情人走上我宿舍後山那條小路。

大四寒假，我和季平走完中橫回到家，得知鍾父殉職的消息，剛好趕上公祭。那天，鍾沅的舊愛新歡幾乎全部到齊，男男女女一字排開，差可組成一支喪樂隊。鍾沅誰都沒理，也沒哭，默默跪在靈臺旁答禮。鍾母素衣淨容鬢插白花，由三兩女眷陪坐一旁，那憔悴的模樣在哀喪的場合裡，竟依然令我驚豔！

我因要送季平去車站，更兼中橫一趟走下來早已累垮，匆匆上完香便即離去。臨走，我轉頭隔著眾人看鍾沅，她仍跪在綴滿黃白菊花的靈臺旁，也遙遙望著我。四目交接的剎那，我突然想起當年陪鍾沅去拿孩子的情景。

是的，陪鍾沅。

我曾天真地想要與鍾沅相伴，從十六歲時我就偷偷這麼想。在她奔跑的時候，在她游泳的時候，在她難過的時候，在她開心的時候，我都想伴著她。然而我們能像日升月落恆久不渝嗎？我們能一起吃飯穿衣睡覺相偕到白髮蒼蒼嗎？說我們是兩個不同世界的人不如說我們是兩個同樣的人——同樣是女人——這恐怕才是我真正不能擺平的罷！幾年過去了，越長大我便越膽小懦弱得無能承擔那樣的天真。我的吃力、無奈，在四目交接的剎那只有轉身離去。

春假前某天深夜，鍾沅突然跑來找我。「陪我回家好嗎？」

我們連夜搭車南下，剛好趕上南臺灣的清晨。鍾沅打開鐵門，院子裡的桂花樹迎面而立，杜鵑也零星綻放，花壇裡的雜草長了一些。門口有雙漆皮高跟鞋——想是鍾母的——其中一隻倒在晨光中微微發亮，旁邊則是一雙男人皮鞋。鍾沅看了那雙鞋一眼，緊抿著唇。

推開紗門進屋，一個中年男人身穿睡衣手拿報紙剛好從洗手間出來。

「啊！沅沅回來了？」顯然嚇了一跳。

「嗯。羅叔早。我跟同學，去玩，順道，回家，馬上就要，走了。」鍾沅結巴起來。

鍾母端了菜從廚房出來，看到鍾沅神色大變，放下碟子兩手搓著圍裙。

「媽！」鍾沅低喚她一聲。「我——我們要去玩，馬上就走了。」

「沅沅你——」她母親道：「你們吃早飯沒？」

「吃了。」鍾沅語畢進房胡亂抓了兩本書，拉了我便走。

沒多久鍾母便再婚了，對象就是鍾父的同學羅叔叔。婚禮前夕，鍾沅來找我。「雖然實在太快了點，不過這樣也好，免得擔心，她是很需要人照顧的。」鍾沅說。當時我正忙著準備畢業考，看她神色如常也就沒有留意。待畢業考完方覺不對，喪父沒有哭，母親迅速再嫁也沒反應，這的確是鍾沅，但絕不是面對我的鍾沅。她或許該對我說：「你知道死亡是怎麼回事嗎？」或者：「我媽不知道會不會帶我爸的照片去？」這才是我的鍾沅。

然而這幾年來鍾沅曾對我說過什麼？我知不知道她在想什麼？她的瘋狂戀愛行徑我了解多少？往後，她是回「鍾寓」還是「羅寓」呢？

畢業考最後一科交卷，我便急赴鍾沅住處。遲了。人去樓空，連休學都沒辦。

即使是在事隔多年的今天，失去鍾沅消息那一年的情景我都不堪回首。我幾乎崩潰，連尋找她的能力皆無。日日，我翻看大小報紙的社會版，對可疑的無名女屍或自殺新聞作各種可怕揣想，或喃喃自語，或怔忡出神，或痛哭失聲。意外的是，這樣大的難關竟是季平伴我走過來的。

他擱下手上的碩士論文，南來北往打聽鍾沅下落。「我了解鍾沅跟你的交情。」他說。我不知道他能了解多少，但確實心生感動，也豁然平添幾分自責自戕的空間。就在我丟了第五份工作，體重也將跌破四十公斤時，季平終於忍不住了：「你這樣莫名其妙糟蹋自己到底對得起誰？父母？鍾沅？還是我？你以為我這樣大海撈針找鍾沅很好玩是不是？我只想提醒你——全世界不是只有你有情緒，人生也不是只剩下悲哀，日子要怎麼過，你自己決定吧！」

二十五歲生日那天，季平花了近一個月的家教收入請我去吃法國菜。

坐在優雅講究的餐室裡，在德布西的音樂與莫內複製畫包裝下，人們輕酌淺笑，一片溫柔安逸……真是久違了啊！人世，生活。突然我心底升起一股極鄭重深沉的抱歉——對季平的抱歉。一頓飯，可以有很多種吃法；愛一個人，也有很多種愛法。季平的用心到此地步，我卻是對他或對鍾沅都做錯做壞了。

深夜回到住處，我房間門把上斜插著一束花。

鄰房的學妹一旁叨絮説著有個女孩來找過我，留下這把花，又説那女孩如何活脱像 Vogue 雜誌上走下來的 Model ……學妹的話一句句飄得老遠，我怔立門邊，雙手抖得抬不起來。半晌，我解下繫於門把上的白緞帶，輕輕抽出那把花。是淺紫色的玫瑰，一共二十五朵，半開，帶著水珠。花束裡夾著一張卡片：「生日快樂。」沒有稱謂，沒有署名。

鍾沅啊！

我默默拿著那束花，良久，淚水決堤而下。

原來鍾沅失蹤那一年都跟晶姊在一起。她們是在ＢＡＲ認識的，時間是鍾母結婚前夕，也就是我畢業考前，鍾沅來找我那晚。

那一年，鍾沅偶爾在晶姊的精品店幫忙，更多時候不是窩在家裡看錄影帶、打電玩便是在ＢＡＲ、舞廳、冰宮裡消磨時光。晝伏夜出，白了皮膚，加上晶姊店裡的當季歐洲時裝，難怪鄰房學妹見到鍾沅要驚為天人了。

教我吃驚的倒不是鍾沅——她依然沒變——教我著怕的是晶姊。頭一回見她，隔著她店外的玻璃，當時剛好沒客人，她像尊蠟像般手持一杯咖啡斜倚在沙發上。那姿勢、線條、皮膚、五官、化妝、服飾，從頭到腳，完全無懈可擊。太無懈可擊了，反而令人無言以對。鍾沅拉著我推門進去，未等鍾沅介紹，她便了然一笑：「童素心？」說著斜睨鍾沅一眼，鍾沅說：「晶姊你別嚇她。」我尚來不及反應，晶姊便起身牽我走向展示架。「自己挑兩套喜歡的，算是晶姊送你的見面禮。」她那隻手是冰的。

幾乎每天，鍾沅駕著晶姊的白色奧斯汀來接我下班，與我一起吃晚飯。「姚季平要我盯你吃飯，你看你瘦得像隻鬼！」我們鮮少談及過往，未來也沒什麼特別的計畫可講。季平服役前我們已訂婚，等他退伍找妥工作就結婚。鍾沅則打算跟她母親及羅叔一起移民美國後再繼續念書。每晚見面，鍾沅仍帶花給我，有時是一串玉蘭，有時是一枝百合、晚香玉，更多時候是玫瑰，各色的玫瑰。當然那些花已經不是摘來的，而是買來的。

有回週末我們看完電影逛到公館夜市，在擁擠的人群裡為方便走路，鍾沅又牽起了我的手。看到地攤賣襯衫，一件兩百九，兩件五百。鍾沅捏捏我的手：「買兩件好不好？」我笑著朝她點頭。買了襯衫，我們又到外銷成衣店挑了兩條一式的長褲，迫不及待跑進更衣室換上。換好衣服，我和鍾沅你看我，我看你，一模一樣的棉白襯衫與牛仔褲。

「哇！情人裝！」鍾沅興奮道。

那晚，當我們各拿著一支霜淇淋又蹦又跳衝進晶姊店裡去接她時，她臉上霎時露出異於平常的神情。平常我們去接她，晶姊總是微笑著給我和鍾沅一人一個擁抱，有時她會撥撥鍾沅頭髮說：「明天去阿傑那邊把頭髮修一修。」或者攏攏她衣領嗔怪：「衣服也不燙一燙。」對我，她多半會拉拉我的手，「晚上鍾沅帶你去吃什麼？要吃胖一點，不然我們怎麼跟季平交差？」但那晚，當我們向她張開雙臂圍上前去時，她卻身子一閃，尖聲道：「小心弄髒我衣服！」她指著霜淇淋。

鍾沅聳聳肩，一屁股坐上沙發。我則悄悄到後面洗好手，趕緊幫晶姊收拾店裡。

正當我蹲在櫥窗底下，拿吸塵器清理地毯死角的灰塵時，一旁的晶姊突然問我：「小童，你愛不愛季平？」我愣了一下，匆忙點著原本已低垂的頭。

「你比鍾沅大還小？」她又問。

「小，小三個月。」

「嗯。」她彎腰幫我攏起垂到地毯上的頭髮，「有時候我覺得自己好老。」

「怎麼會？」我無措地仰首看她：「晶姊才比我們大一點，而且看起來還更年輕！」

「少來！」她戳我一下，似笑非笑，「我看你跟鍾沅才真的是金童玉女。」

我不知如何回答，幾乎把頭都要埋進吸塵器裡去。

「算了，不嚇你，」晶姊緩緩道：「也不嚇我自己。」

平常回家路上晶姊總會把這一天的生意、客人的趣事、下一季的流行趨勢與進貨計畫等等說給我們聽，這晚她卻出奇沉默。鍾沅也是，除了對前面一輛走在內線不打方向燈便突然右轉的車子罵了聲：「幹！」之外，她都沒開口。倒是我下車時，她們異口同聲跟我道了再見。

隔天深夜，我接到晶姊電話。

「鍾沅走了。」

「……」

「還有一雙球鞋忘了拿，你有空來幫她拿去吧。」

「……」

「我本來還計畫著給她添這買那，巴望著去送機呢！都要出國了，她就這麼等不及？臨走還留了一筆錢說是還我，天哪鍾沅她到底還有沒有心肝？連這一點點餘地也不肯留給我！」

「晶姊……」

「快兩年了，我從來不知道她在想什麼。打從那晚在ＢＡＲ裡看她喝得爛醉把她帶回家，我就不知道她在想什麼。」

「晶姊……」

「我也不指望她跟我一輩子，誰不知道這種感情要海誓山盟是笑話？可是她說走就走你知道嗎？說——走——就——走……」

「晶姊……」

「小童你去告訴她……」電話彼端已泣不成聲，「你告訴她，三十幾歲的女人沒有多少時間好去愛一個人……」

默默拿著聽筒感覺彼端晶姊的心，我再說不出當年曾對小米說的話。

3

鍾沅走的那年，我們二十八歲。

飄著細雨的南臺灣仲夏夜竟已有絲許涼意，我騎著單車，持姚童聯姻喜帖，緩緩向八德新村行去。一路上往事歷歷，兩個穿白衣黑裙的十六歲女孩彷佛就在前方追逐奔跑，清脆的笑聲在我耳際轟然迴盪……青春與愛，熱與光，似點點星火向前路焚燃。

快到八德新村時，一輛計程車自前方路口拐進巷子，遠遠的，就在路燈旁停了下來。車門彈開，一截小腿伸出來，漫空雨點似銀珠灑上那截光裸的小腿。接著又出來一截小腿。隨後，整個人都站出來了。計程車離去，那女子在原地定了幾秒，往前走兩步，停下，然後便扶住路邊的電線桿，勾起一隻腳，側彎身去拉腳上的鞋帶。她腳上是黑色平底涼鞋，細細的黑皮帶像小黑蛇一樣自她腳背交錯纏繞到腳踝。她的黑底閃銀光削肩短上衣並桃紅短裙，在空曠的暗夜巷中更加顯得詭豔異常。那裸露的頸、臂、腿，我看了多少年，此刻方看出它們孤絕的線條來。

「鍾——沅！」我大喊。

羅叔的宿舍與鍾沅從前的家只隔一條巷子，院子裡也有好花。鍾沅彎腰折下一朵插在我鬢上。「什麼？」我問。「花啊。」她說。

鍾母和羅叔已經睡了，安靜的客廳裡家具幾乎撤光。我隨鍾沅走進她房間，房裡只餘一張床墊、兩把小藤椅，敞開的衣櫥零星掛著幾件衣服，地上擱著幾只旅行箱。我將喜帖遞給鍾沅。

「哪天？」鍾沅說著打開喜帖，低頭看了好一會兒，邊看邊拿手指在紅底燙金的「囍」字上來回拂拭。「我來不及參加了，機票已經confirm。」

我輕輕抽下她手中的帖子，擱在旅行箱上，然後拉過她的手，緊緊握著。

「鍾沅——」

「幹嘛？」

「我有話跟你說。」

「我知道。」

「我一直沒說。」

「我都知道，真的。」

「那你告訴我——」

「告訴你什麼？」

「兩個女生可不可以做愛？」

鍾沅聞言緩緩垂下頭，沒有回答。半晌，她的頭與肩膀開始顫動，兩隻手緊緊互扣著，手也在抖。最後她抬起溼糊的臉，兩隻血紅的、汪著淚水的眼睛盯著我，定定搖頭。

「不——可——以！」

我站起來捧起鍾沅的臉，俯身往她眉心深深吻下。滾燙的熱淚自我眼中向鍾沅額際灑落，聲嘶力竭的蟬鳴如雷貫耳……許久……鍾沅張臂圈住我，把臉埋在我胸前，像個孩子一樣嚶嚶啜泣起來……

一九九〇年夏日午後，我步出醫院，站在深色玻璃門前看著自己的影子怔忡出神。我輕輕按著尚未隆起且毫無感應的肚腹，想著醫生的診斷：兩個多月……你知道兩個多月的胎兒有多大嗎？鍾沅貼在玻璃門上朝我笑……這麼大……她伸出食指和拇指比畫著，五公分……

回家與季平通過電話，我伏案給鍾沅寫起信來——

顛倒的，只有白天
黑夜麼？氣象報告說
紐約陰雨最高二十六度
臺北下午我行過
日焰焚焚　灰飛煙升的馬路
親愛的紫玫瑰
只有你感覺我最真實的溫度
十個月足以完成什麼
我的紫玫瑰？
倘若在子宮裡孕育
某個生命

一切可能與不可能
是否都將和他
一起誕生……

斷髮那一刻，髮絲墜地時，她甚至聽見體內的龜裂之聲……

斷裂

「走吧！」愛達說。

席拉背對愛達坐在床沿，矮櫃上一盞燈照著她，把她半截身體放大成巨大黑影，打上愛達背後那面牆，連愛達的臉也被影子吃掉了。席拉略略一動，黑影倏地膨脹，入侵天花板，乍看像一隻龐大的爬行的獸。

「走了啦！」愛達又說。

席拉沒反應，汗水自她背上沁出、凝結、滑落。

愛達習慣性地伸出食指刮席拉的汗。她用指甲在席拉背上畫線，直的橫的斜的交叉的。也畫圓圈。一個圓圈，兩個圓圈。大圓圈，小圓圈。然後她攤開手掌整個貼上去，一下子，手心也汗溼了。

席拉背上有許多痣。夏天以前，愛達喜歡把這些痣一顆一顆連起來玩。偶爾，席拉也真的讓她拿彩色筆在背上的無數點與點之間畫來畫去，有時描出一頭象、一匹馬、一株樹，愛達最喜歡畫的則是恐龍。各種恐龍，迅猛龍、翼手龍、三角龍、雷龍、暴龍、劍龍……那陣子她瘋狂崇拜這些曾經霸據地球的大塊頭，嚮往那個連哺乳類都還沒影兒的時代，侏儸紀白堊紀……多美麗的名字令她遐想，赤手空拳肉搏戰，武器或者道德當然都還沒出現，啊！那溫暖純潔而又生猛的年代！她簡直可以憶起自己前世，在冰河期之前，她親愛的恐龍手足們一個個彼此呼喚以避禍，最後只剩她，孤零零站在寸草不生的山頭……

但相隔三億年的遙遠前世畢竟對現在沒啥屁用，愛達很清醒。夏天以後她連恐龍都畫膩了，因為冷氣機故障的緣故。而且她失業。她不許席拉出錢修冷氣，自己也沒錢修。差不多就算陰謀了，愛達心裡有數，她的夏日陰謀就是虐待她。沒有冷氣，席拉百分之百過不完這個夏天。

愛達把中指和拇指拉開，測量席拉的背。面積三乘二。那麼厚度？愛達想，或者，深度？她摳她的痣，忽覺這些痣是一個個大大小小的洞，無底洞。像她跟她之間那些永遠填補不了的空隙，真的一點辦法都沒有，不是她不努力，她已經努力得夠多夠久了，到頭來都是白費力氣——那些洞已經穿透她和席拉，往四面八方延伸到異空間，速度快得連光都追不上。黑洞成泡泡，一個一個孤單的泡泡在沒有光的異空間孤單浮游。而她唯一能做的，只是虔誠望著天空，想像那後面所隱藏的她力所未逮的什麼，然後向那些泡泡說再見吧。

「你快來不及了。」愛達把手從席拉背上移開，往衣服上抹兩下手心的汗，跳下床跨步一個前滾翻，貼著牆壁開始練倒立。今天要多撐幾分鐘，她可不想到了舞臺上再出糗。

席拉的腳丫經過她眼前，乒乒乓乓，她聽見她在敲冷氣。

「喂！」愛達吐氣，提高嗓門：「快四點了耶……」席拉三點就該走了。

那邊還在敲，愈敲愈使勁，差不多要把那無辜的機器大卸八塊。

愛達開始撐不住了，兩手發軟，臉熱，頭皮疼，身體在逐漸往下滑。她使力把腰挺住，雙腳往牆上蹬了幾下，然後閉上眼睛默數。一、二、三、四……再撐一下……一下下就好……突然發覺氣流有異，睜開眼睛，好大一張席拉的臉。席拉屈膝彎腰把頭垂在兩腿間，正好跟她面對面。有夠詭異。同時看到席拉的臉跟腳，而後頭的背景是倒過來的，顛倒的椅子桌子櫃子，地在上，天花板在下。

「你這冷氣到底要不要修？」席拉額上的汗滴落，愛達耳內轟轟響，幾乎就像聽到大雨敲在鐵皮屋頂的咚咚聲。可憐的席拉真會流汗，愛達察覺自己有些心軟了——不行！長痛不如短痛，十歲小孩都知道。

愛達慢慢把腳放下，翻身直起腰，喘兩口氣先看錶，居然還比上回少了兩分鐘。

席拉也跟著直起腰，「已經簽字了。」她忽然說。

「什麼？」換愛達冒汗，冷汗。

「我跟老杜簽字了。」

「什麼時候？」

「你彩排那天。」

愛達穩住情緒，沒表情：「怎麼不先跟我講？」

「我說過『我』會處理。」

愛達不講話，逕去浴室洗臉。席拉從後頭環抱她的腰，把臉貼在她背上蹭。

「不熱啊？」愛達的聲音彷彿泡了水，淡的。然後她關了水龍頭推開席拉，「我要尿尿。」

席拉跟到馬桶旁，蹲下來搔愛達膝蓋，「我在汐止看了一棟房子……」

愛達看錶，「已經四點了，你真的來不及了。」邊說邊拉褲子，「一起走，我搭你的車。」

才四點，路上已經開始塞——其實管它幾點，臺北市無路不塞——車子下民權大橋，席拉臨時決定走廢河道。基隆河截彎取直，政治人物玩的大手筆裝置藝術，渠水成乾漠，風吹沙走，末世紀城市奇景之一。愛達看車外漫天塵土，不覺掩鼻，一回神才想到多此一舉，車窗根本關得密不透氣。

前方烏雲浮動，天陡地暗下來。席拉摘下墨鏡，換檔時順手滑過愛達大腿。愛達正發呆，頓時嚇一跳往旁邊縮。

席拉的手會咬人。

長年布料針線堆裡討生活，接觸劇場服裝之後，又成天在各種材質及化學染劑裡頭搞實驗，她的手指早已坑坑疤疤，連指紋都難辨認。

席拉把手放回方向盤，「好像快下雨了。」

「對啊。」愛達心不在焉。

「唉！」席拉長嘆一口氣，她瞭，當然瞭，只是臨上戰場她才發現自己連一管槍都來不及配置，只能赤手空拳。一時之間，她彷彿聽到遠處有口哨聲響起，悠揚清脆的殺氣，「來送死吧！」神槍手愛達在百步之外冷笑……席拉背脊一涼，只覺腳下踩的不是離合器，而是馬鐙。馬蹄達達，烏雲低垂，廢河道沙塵漫天，路旁樹都沒一棵，只零落幾幢棄置的鐵皮工寮面目可憎。真他媽有夠荒涼有夠貼切，多像西部片裡決戰的好場景。

「你看！」突然愛達指著前面。

席拉隨愛達目光看去，只見前方掛著好大的招牌——「檳榔」，攤子前兩個年輕貌美的檳榔西施坐在高腳椅上。席拉把車慢下來。穿蘋果綠的明眸皓齒，穿石榴紅的性感撩人，一致低胸超短迷你洋裝，屁股輕輕點在高腳椅上，雙腿斜斜側出半放半收，完全是服裝雜誌上拷貝來的模特兒架勢。旁邊一個小夥子低頭切檳榔，邊與蘋果綠打情罵俏。

席拉搖下車窗，朝檳榔西施們揮手吹口哨：「水喔！」檳榔姊妹向她揮手，免費送她兩個天使飛吻。

「你很無聊耶。」愛達皺眉。

席拉沒還手。

「你真的很無聊。」繼續挑釁。

「幹嘛啊你？」席拉沉不住氣了，「有必要這樣嗎？」

愛達低下頭半晌不講話，等紅燈的時候席拉轉頭看她——竟然——這女人——竟然在哭嗎？打人還喊救命，這麼誇張？

「嘿……」她拍她手背。

愛達哇的一聲，索性蒙臉大哭起來。

「到底怎麼啦？」席拉才剛開口便懊惱，明知不該問，最好的方法就是讓她去哭，愛達不擅長單口相聲。

「不要哭嘛！」她居然又說。這下可好，眼看就要輸啦！

果然愛達開始擤鼻涕，「前面路口，」邊說邊吸氣：「我要下車。」

席拉看錶，天不時地不利，無可奈何。「晚上去找你？」

「不行，」愛達搖頭，「明天去高雄，我要早睡。」

「那打電話？call 你？」

愛達遲疑，「call 機掉了，而且我不一定回去睡。」

席拉一股火氣衝上來，順手撈起行動電話往她身上砸：「拿去！我打這支電話給你！」

愛達揉著手肘上剛砸出來的瘀青，淚眼汪汪冷面瞅她。

結束了。席拉心一沉，回過神來急踩煞車，車頭已經撞上路旁工寮的鐵皮牆。原已傾危的小工寮急晃兩下，逐漸往旁邊斜，再斜，轟一聲整個解體，部份木架鐵皮歪塌在車前頭引擎蓋上。兩人呆愣片刻，終於明白眼前這場災難。

席拉熄火，下車。

「婚都離了你還要我怎樣？」她隔著車子朝她吼，「這樣逼人！嗄？」

「我又沒說要你離婚。」愛達抓起背包就走。

席拉繞過車尾攔她，「你沒說？」她大叫：「你敢說你沒說？那是誰一天到晚掉眼淚說要住一起？說不要睡醒了看不到人？誰說要每天一起睡覺吃飯？你沒說？這些你統統都沒說？難不成我有妄想症，都是我在自編自導自演？」

愛達跳腳，「這樣吵很好看是不是？」

「你也知道什麼叫好看？」席拉豁出去了，「當我是聾子瞎子還是白癡？劇團哪個人你沒睡過？人家怎麼講你知不知道？那才真的好看！我夠忍耐了！」

「你不必忍耐。」

「我賤，可以吧？」

愛達翻白眼，「拜託！」

過往車輛挾著沙塵呼嘯而過，天更暗了，烏雲團團聚攏堆起一層又一層，向地面逼近。忽然風吹來，一陣熱一陣冷，雲堆裡爆出電光，雷聲轟隆一劈，大雨兜頭兜臉打下來。

雨似亂棒來自四面八方，打得席拉無處躲。她蹲下來，解開溼答答的頭巾。

愛達推她，「快點去接你兒子吧，五點了。」

席拉不動。

「喂，」愛達一點都不喜歡淋雨，急著演完最後一幕戲似的使勁拉她手肘：「起來啦！」

「別管我。」

「那你自己看著辦吧！」愛達變臉了，不過沒有觀眾故不必太著墨，眼前席拉圓圓禿禿的腦袋彷彿超大型麥克風，她調整了一下呼吸：「你要離婚，我沒意見，你要拋夫棄子，不當賢妻良母要搞Lesbian，我也沒意見，你搞什麼我統統都沒意見，拜託不要再說是為了誰，誰都擔當不起！」

當初下決心之前，席拉先去理了個大光頭。

理了光頭去接小孩，終究怕嚇到孩子，遂紮上頭巾。車子開到半途愈想愈不痛快，又把頭巾解下來。孩子見到她，居然並沒嚇到，只是摸了摸她的頭說：「媽媽你頭髮呢？這樣醜死了！」

再來是丈夫老杜，「嘿，」也來摸她頭：「不錯嘛，挺sexy。」她忘了幹廣告的老杜專門搞怪，幾年前就理過光頭。

工作室也沒人嚇到，打版的小崔還讚歎：「酷喔！」

她父親沒嚇到，即使嚇到也無法表達，老人家中風，語言能力倒退七十年。她母親見怪不怪，本來就差不多要出家的人，早已去執斷妄，若非為了照顧老伴，去年大概便剃度了。

光頭席拉身邊無一人有意見，只陌生人對她側目——但那短暫的一瞥無關的一瞥絲毫不具意義。

她發現自己的可笑。剃光頭又怎樣呢？就算把腦袋割了也一樣，稍微有點腦袋的人都知道這完全不關腦袋的事，所有糾纏著的，並未隨髮絲的切斷而切斷，有斷髮的勇氣不代表有做其他事情的勇氣。

光頭席拉並未因此而變成另外一個嶄新的人，龜裂卻由此開始。那可怕的裂縫啊！

從體內某個她不知道的地方開始，她像一個骨董瓷娃娃那樣不堪碰觸，裂紋由內而外遍布全身。斷髮那一刻，髮絲墜地時，她甚至聽見體內的龜裂之聲，裂縫持續擴大，從頭到腳。剃好頭她小心翼翼站起來，生怕不慎碰到什麼便碎成粉塵。她連頭都不敢摸，頂上涼空空，腦袋彷彿已經離開她獨自飛行去了。她避開鏡子，怕看到一個沒有頭的女人。

她知道自己已經裂成兩半，一半瞧不起另外一半——一半還是席拉，一半已複製成愛達。

與其說她愛愛達，不如說她想成為她。她讓愛達介入她生命成為她的父、她的母、她的孩子、她的情人，她根本就崇拜她。她模仿她行走坐臥吃飯穿衣花錢的方式，模仿她講話的方式、擤鼻涕的方式、坐馬桶的方式——遇見愛達，她才知道大便時可以不關門並且跟另外一個人聊天，才知道怎樣把餐廳的銀匙偷回家，怎樣說三字經。如果假以時日，她甚至相信自己也能學會怎麼把老人推倒路邊、把小孩扔進井裡。愛達令她嘆為觀止令她嫉妒令她著迷。才短短幾個月，她便迅速說服自己滿懷熱情勇往直前，等著愛達發給她一張結業證書。即使先天血統不正，她也要憑後天的努力成為愛達那樣的人。愛達說過，她完全有潛力。

直到開始痛恨自己的五歲小兒——因為愛達痛恨——她才終於害怕起來。她無法與兒子獨處，她感到羞愧，繼而憤怒；兒子看她的眼神彷彿洞悉一切，那無邪的、殘忍的、理直氣壯的眼神啊！她簡直懷疑最後不是她手刃骨肉就是有人弒母。

該結業了，只差最後測驗。

她要拿師父當對手。「我跟老杜簽字了。」多虧她教會她撒謊。

「什麼時候？」

「你彩排那天……」鬼扯！當晚她跟老杜他們那票老饕在中橋大啖生

魚片，這輩子頭一回見識到河豚刺身，她不會忘記。

「怎麼不先跟我講？」

「我說過『我』會處理。」有點心虛。

愛達去洗臉，她跟過去抱她，把臉貼在她背後蹭。初試身手難免緊張，她在心裡祈求：「幫助我，愛達吾師……」

愛達關了水龍頭推開她，「我要尿尿。」

她蹲下來搔她膝蓋，「我在汐止看了一棟房子……」猶繼續砌著她們的糖果屋，可惜它毋寧更像囚籠，而且還是兩個分開來的囚籠，她們恐怕連關都無法關在一起了。愛達的字字句句像榔頭敲下，裂縫更深更長。

「你要離婚，我沒意見，你要拋夫棄子，不當賢妻良母要搞 Lesbian，我也沒意見，你搞什麼我統統都沒意見，拜託不要再說是為了誰，誰都擔當不起！」

席拉多麼感謝愛達童叟無欺，是啊，誰都擔當不起，打從一開始愛達不就警告過她嗎？「我不會罩你，我從來都是單打獨鬥。」

真是青出於藍而勝於藍，從愛達那裡學會的每一樣本事，她都神不知鬼不覺地發揚光大，連自己都難以置信。這麼容易？編造謊言的興奮掩蓋了悲傷，她迷亂其中幾乎像嗑了藥。大雨是亂箭穿身，整個人已碎裂成骨屑肉片仍不知疼痛。面目全非，已經面目全非了。原以為愛達可以助她一臂之力——她是真的下了決心的，只要愛達站在她這邊，她真的會回去跟老杜離婚。屆時師徒兩人海角天涯，闖蕩江湖，攜手打造她們（還是她？）的美麗新世界……

然而師父不要她了，得自立門戶了。

目送愛達坐上計程車，她就這樣一直蹲在路邊。

大雨下了整夜，那晚經過廢河道的人都看見一個光頭女人蹲在那裡，身後一輛紅色喜美，車頭陷在崩塌的鐵皮工寮底下。光頭女人覷著眼似凝視前方，來往車燈掃過，有人甚至瞥見她頭上有一圈紅色的光環。

沉重死別敲擊著斷裂的記憶，她慌張回頭作最後搜尋……

在父名之下

熱夜，顛簸在黑暗的長路怎麼也睡不沉，周珮瑩知道外婆又把電扇關掉了，翻身滾到蓆子另一頭，搔搔汗癢的背，掙扎著想要起來開電扇，輾轉間眼睛忽然彈開來。

耳朵先醒。她豎耳，中斷睡眠的不是熱，而是聲音。

外婆在哭，外公咆哮。

「……打給你死！我林添旺前世人是做什麼歹積德，養到這款畜牲！今日若不能給你教示，我不是你老父！見笑！有夠見笑！祖公祖媽的面底皮都給你削了了！你父甘願死了無人捧斗，今日也要把你這個畜牲打死！」

皮帶一鞭一鞭秋風掃落葉，小舅跪在那裡像棵顫抖的矮樹。外婆攔不住外公，急著推小舅：「緊走！若不走真正會被你老父打死……」

小舅不動，彷彿膝蓋已經生根。裸露在衣服外的每寸皮膚，無一處沒有鞭痕。

嚇呆了的周珮瑩立於廳門後頭暗廊，也跟著發抖。她幾乎不認得眼前那三個人，完全看不懂這是怎麼回事。

大廳角落的老電扇兀自呼呼轉動。那風遠遠吹來，竟冷得讓人起雞皮疙瘩。周珮瑩往後縮，眼角餘光瞥見茶几上有張紙被風吹落，三翻兩滾朝她的方向貼地飛來。她悄悄抬起塑膠拖鞋，悄悄將那張紙壓住。

白紙黑字：「……高三孝班學生林永泰、鄭智偉……嚴重猥褻……退學……」

黑色的「猥褻」像長了許多腳的黑色大蜘蛛，而且忽然膨大無數倍，從白紙上站起朝她撲來。她一捏，把那怪物捏得扁扁扁扁，讓它動彈不得。然後她哭著跑到裡間打電話：「媽你快來！小舅快被阿公打死了……」

咻咻皮帶聲發瘋一樣持續著，周珮瑩躲回自己床上繼續聽，懷疑那皮帶已經變成幾百公尺長，整幢屋子都被抽打得旋轉起來。

熱夜，周珮瑩再度從睡中驚醒。

「夭——壽——仔——欸！」外婆的尖叫穿破厚厚夜膜，直達周珮瑩耳內微血管。腳步聲，哭號聲，「永泰！泰啊……」她母親頻頻呼喚小舅，她父親裡外奔跑，匆忙將小舅抬上車。周珮瑩只來得及看見父母與外婆的背影，只來得及看見小舅垂落在她父親身側的手臂，像失水的花莖那般枯萎無力。

花莖有汁液滲出，暗夜裡看來像巧克力的顏色那麼深。小舅手腕上黏著好多巧克力醬，周珮瑩一股衝動好想去幫小舅擦乾淨。然而她只是呆立自己房門口，遠遠目送父親的車子急駛而去。其實她馬上就明白那是血了。她明白。

靜寂內屋傳來聲響，周珮瑩循聲而去，看見外公坐在小舅床沿，那裹著汗衫的肥胖身軀一抽一抽，彷彿挖空曬乾的葫蘆在劇烈抖動。周珮瑩站在那兒不敢出聲，手伸進睡衣口袋，意外摸出前晚留的水蜜桃果核。

果核已經乾了。

她很擔心小舅再也沒辦法回來陪她埋果核——院子裡那棵木瓜樹就是小舅的，小舅說他小時候常將果核或籽子扔在院子裡，無意間竟長出芒果與木瓜，從此養成埋果核籽子的習慣。周珮瑩也一直希望有自己的果樹，隨便哪種水果都好。她又瞥了一眼窗外，那棵木瓜樹像剛才小舅的手臂那樣軟弱無力在夜風中搖擺。

林永泰出院，家人對外宣稱他只是去開刀割盲腸。

父子不能相對，林永泰寄住大姊美蘭家半年多，以同等學歷參加聯考，落榜，申請提前入伍。

十九歲冬天，兵單來。入伍當日美蘭一家三口、林母、六姊美如、二姊美櫻全家還有正大著肚子的三姊美香去送他。

林母哭，林永泰煩道：「哭啥啦？又不是去南洋！」

月臺上風冷，大姊夫遞了一根香菸給林永泰，幫他擋風點火。林永泰熟練啣菸接火，熟練地彈菸灰。林母吃驚悄悄問美蘭：「阿泰幾時會曉吃菸？」

美蘭蹙眉：「我嘛不知。」

兩個姊夫交代當兵須知，林永泰心不在焉，偶爾嗯啊一聲或點個頭表示明白，眼睛卻望向月臺遙遠的盡頭。美如小聲問他：「你是不是在等誰？」

「沒啊。」說著朝外甥們招手，「過來給舅抱一下！」

兩個分別念幼稚園和小學的男孩向他奔去，如往常一樣熱情衝進小舅懷裡。已經國中一年級的周珮瑩慢慢移動腳步。自從小學畢業那個夏天回到城市裡自己的家，幾個月來幾乎日日與小舅同桌吃飯，她發現兒時玩伴的小舅已經像她結束的童年那般一去不返了。

小舅變得很少說話，幾乎不說話。每天，她無法忍住不看小舅端著碗的那隻手上，暗紅色蜈蚣一樣可怕的疤痕。金屬錶帶在疤痕上滑動，好幾次，她都擔心：「這樣小舅會不會痛？」

周珮瑩看著那兩個猴在小舅腿上背上的表弟，只覺他們幼稚愚蠢。某種悲哀的情緒居然已經開始在她十三歲的身體裡滋生。

小舅並沒有抱她，只是摸一下她的頭，拍拍她肩膀，「孝順阿公阿嬤。」

她很懂事地點頭。

「這個給你。」林永泰從口袋摸出一包用手帕捲著的東西交給周珮瑩，周珮瑩打開來，橘子籽、蘋果籽、楊桃籽、釋迦籽……好多好多。

「幫舅種？」

周珮瑩又點頭。

數月後，林永泰寄一包裹給大姊林美蘭，附信說這些東西目前都不需要——包括衣服鞋子，那只林父以前買給他的手錶，還有林母為他當兵求來的護身符。

從此林家再無他的消息。

都說周珮瑩長得像小舅，因為她母親林美蘭出嫁那日扔下扇子以後還回頭看，正好看到那撿扇子的唯一的弟弟林永泰。當時便有人預言，美蘭頭胎一定像母舅。果然。

比較甥舅兩人的滿月照片還真像兄弟——其實林家族譜裡的確記載著永泰有過一個兄長名永昌，從僅存的那幾張發黃照片看來，永昌跟雙胞胎弟弟永泰一樣漂亮可愛，但半邊臉灰青胎記就像不祥記號，養到兩歲便夭折。

像小舅的周珮瑩滿月以後開始蓄髮，永泰則被包裹以男孩的形狀在長大；兩個都在成長的小孩變化太多，何況畢竟相差六歲，何況一個女孩跟一個男孩長得再像，也得靠點想像。而想像，自從某一年某一天之後，在林家就成禁忌了。

至少，沒人膽敢公開想像。

唯一還堅持者，永泰母親吧。

周珮瑩考完大學聯考去看外婆，當時她已將頭髮剪得極短似男生一樣，還故意穿了長褲襯衫。外婆一見她，像被啥物附身那樣定在原地顫抖，瞠目結舌說不出話。半晌，開始喃喃自語淚流滿面，「哪會這像？有夠像喔……夭壽仔欸……」

夭壽仔，林母賜給永泰之名，不這樣叫怕也養不大，怕死去的永昌來把雙生弟弟也帶走。生這胎已經四十一歲，第二年發現腫瘤，此後再無子宮可執行任務，林母養大這唯一的兒子之戒慎恐懼可想而知。打，天天拿藤條狠打，自己打起碼打不死。

那藤條周珮瑩幼時也嘗過。然而藤條和皮帶哪個痛？她不知道。她沒挨過皮帶。長久以來她暗自運用過所有想像力想像那滋味，卻又越來越曉得真正的疼痛與皮帶無關。國中時在報紙上認識猥褻是一種罪，到了高中她終於明白，小舅與猥褻與罪無關。十八歲的周珮瑩已經理解疼痛並不等於痛苦，好比此刻，她故意頂著這頭短髮昂首立於門檻墊高自己，同時想像小舅十八歲時的身高，那真是痛苦的惡作劇。

周珮瑩想像並且等待著。

「有夠像……」林母瞅老尪。

林父走過來趕蚊子，報紙捲成筒狀東揮西撣，似在驅邪魔。

「緊入來！」老人眼睛不看外孫女周珮瑩也不看老某，擠過她們之間去拉紗門，「蚊子真多。」

周珮瑩一腳踩在檻上一腳頂著門框不讓開，老人絲毫未被激怒，拍拍孫女的腿，「珮珮入來，阿公關門。蚊子真多。」

外公彎腰拚命趕蚊子的模樣，無辜的衰老疲倦的背影令周珮瑩想哭……自從林永泰割腕自殺那一夜，林父的背影便不曾改變過。他只是更胖更圓更乾，更像被掏空曝曬過的葫蘆瓜。許久以來周珮瑩將這段記憶定義成十二歲之後再也穿戴不下的衣帽，不願扔掉不要送人，只能收藏起來。林家的人都各自把這個部分收藏起來。集體封鎖一段記憶並不需要討論表決再公布實施，只須醞釀一種類似躲避傳染病的氣氛，藉由耳語，大家自然知道如何趨吉避凶。

林母也有自己一套封鎖的方法。她封鎖了對事實真相的求知慾，因為三太子與關西大師與竹山仙姑已告訴她真相：父子相剋，注定分離；無須尋找，相安無事；劫數終過，兒定歸來。

兒定歸來，林母等待，兒定歸來。

她很快就從瘋狂尋找日夜啼哭中清醒，甚至因為知曉了父子相剋的天機而對老尪分外慈悲，不再天天怨怪他：「這款廢人老父！後生在學校打架就趕伊出去做流氓！」——沒有人知道不識字的林母如何將「猥褻」定義成「打架」，又如何將永泰的出走定義成「出去做流氓」。在林家，此事不宜討論，所以如何定義其實也不重要。

總之兒定歸來，林母精神抖擻。每早林父去農會上班後，她便取出預藏的鑰匙打開永泰房間擦抹一番，冬備毛毯，夏置薄被，每年過年仍然買一套男孩新衣。數年後算算永泰年紀，開始備金飾，連最熱中的進香活動和最想望的東京七日遊也不去了，省下錢換戒指項鍊手鐲——做老母的若無打算，到時按怎娶媳婦？

林美蘭則最怕去大伯家。

「永泰有消息否？」每次大伯總是問她，「囡仔有什麼勿對，這多年也應該讓伊返來了，難道你老父真實要等到彼一日，無人來捧斗？只有這一個後生，擱卡按怎，也勿通這固執……」

林美蘭總是默默點頭，無言以對。「叫永泰來找阿伯，阿伯幫伊做主，你老父擱卡番癲，猶原要叫我一聲大兄。」

又點頭。

「知否？」大伯最後會說：「叫永泰免驚，做伊返來，阿伯給伊靠！」

終於有一天，走出大伯家，林美蘭忍不住告訴她的獨生女周珮瑩：

「伯公如果知道怎麼回事，小舅就是九條命也不夠死。」

「永泰吾弟，生日快樂。」

林永泰的六姊林美如年年都會登這樣一則廣告，頭幾年的確懷抱希望，後來成為儀式安撫自己。林永泰自殺她比誰都沮喪。躺在醫院臉色蒼白眼神沉鬱冷漠的阿泰，已經不是原來那個同她一起長大的阿泰。她的弟弟阿泰挨打不會哭，挨罵不會跑，天天爬樹翻牆，兩個眼睛賊亮亮隨時捉弄人，一個孩子王。他很壯很健康很少生病，林美如幾乎想不起他何時曾經躺在病床上。這樣的阿泰怎麼會割腕自殺？即使……即使……為了「那樣的事」？這樣的阿泰，又怎麼會……做出「那樣的事」？

林美如是自責的。做為跟阿泰最親近的姊姊，居然對他的心事一無所知。也許她不該在阿泰說以後要去組樂團或畫漫畫時否定他，還警告他不能靠這個吃飯。也許她不該在阿泰半夜彈吉他唱歌時罵他神經病。也許她不該明知阿泰偷錢，卻沒認真阻止他也沒告訴母親。也許，她不應該，故意忽略阿泰高二時跟鄭智偉走得那麼近。她甚至曾經面對阿泰那求助的、彷彿快哭出來的眼睛，卻因為某種自私而假裝看不懂。

如果早半年或晚半年就好了，她一定、一定會幫阿泰。只怪那時她正全力準備金融特考無暇它顧，進銀行工作是她商專五年來最大的夢想。否則，也許，阿泰不會一去不回頭？也許……他會在她的曉以大義之下「改邪歸正」？

自責之深無人能解。坐入銀行櫃臺後，天天注意與阿泰年齡相仿、體型相仿、面孔神似的男子，變成林美如另外一個工作目的。偶爾，突如其來的某個講話腔調或某個身影手勢，有時僅僅只是看見穿卡其制服的高中男孩，都足以令她蓋錯章按錯鍵算錯錢，起伏終日。明知不是阿泰，卻叫她不能不想起阿泰。也看過伸進窗口的帶疤的手腕，但不是她要尋找的傷疤和手腕。

幾年下來，林美如論年資與考績已不需再坐櫃臺，她變成行裡的怪人，不但自願一直留守前線，而且不停請調各地分行。林美如不敢自問這樣的尋找究竟能有多少效率，全臺灣有幾家銀行？每家銀行又有多少分行？與阿泰年齡相仿體型樣貌相似的男性又有多少人？念過經濟學統計學成本會計的她，不會不知道這簡直是蒙著眼睛在大海裡撈針。即使她每天騎著摩托車繞不同的路上下班，即使她休假時偶爾也坐上國光號到林口與小港機場去轉一轉，即使……但她能做的也只有這些了，最多就是這些。

曾經無意間發現一則同性戀活動的消息，林美如鼓足勇氣到活動地點，但只停留了一分鐘，因為心跳得太厲害幾乎暈厥——頭一次站得這麼近，近到可以從許多「疑似」同性戀者之中辨認自己的弟弟——她受不了，除非她向自己承認阿泰是一個會抱著男人親嘴的男人……活動現場不就有這樣一張好大的海報……何況她根本看不出哪些是看熱鬧的，哪些是「他們」，他們並沒有貼名牌，沒有人掛著牌子寫說：「我是同性戀者，我叫林永泰」……沒有，沒有。難道要她高高舉個牌子：「尋找我的弟弟，同性戀者林永泰」？或者，「我是同性戀者林永泰的姊姊林美如」？

林美如被徹底打敗，逃走。她寧願回到街上，回到銀行櫃臺後頭，從所有男男女女當中，從所有不特定的人群當中去毫無效率地大海撈針。

她甚至不願向自己承認那天可能已經看見阿泰了。

真的有個人很像阿泰，而且那人也在看她……就是那雙疑似阿泰的賊亮亮的眼睛……

他看著她，他們都看著她，她不知所措，只有再一次的拒絕，以及自責。

「永泰吾弟，父病危，速回！」

林美如又登報，幾乎每家報紙都登。已連登了四天。

美櫻美香與林母輪流赴醫院照顧林父，林美蘭坐鎮尋人指揮部，動員林家所有能動員的人力，先是找出阿泰小學與國中的畢業紀念冊，電話一通一通打，地址一個一個找，最後輾轉拿到阿泰高中那屆的通訊錄，又輾轉找到了鄭智偉——不是鄭智偉本人——「他出國好幾年了。」鄭母說。

沒問出電話號碼，只拿到一個信箱地址，林美蘭孤注一擲，要周珮瑩立即寄航空快遞到美國紐澤西。

只剩這條線索了。

周珮瑩猶豫多日，終於問她母親：「要不要去找『那種』地方問問看？」

「現在有這種單位？」林美蘭詫異。

「是地下組織。」

地下組織這字眼讓林美蘭感覺到某種祕密的危險性，不禁憂懼且狐疑地盯著眼前這個已經大學快畢業、比她還高的女兒。「你怎麼知道？」

「只是聽說。」

「好找嗎？」

「試試看嘍。」

林美蘭很快估量一下，「去找吧！」

周珮瑩並沒有告訴母親，她自己就有幾個同志朋友，她學校附近就有陳列了各樣同志論述的書店，還有她曾多次參與的支持同性戀活動。不是怕嚇到她——要嚇到她母親不容易——周珮瑩之所以沒提，只因「同性戀」三個字在她們母女對話中十分困難，那是禁忌。

銜命「進場」尋找，周珮瑩透過在女同志組織裡活躍的兩個高中死黨、男友阿健、阿健的男同志朋友，以及同志朋友的朋友……分別抄了十幾家老老小小的BAR、三溫暖、健身房，包括「公司」和最新的七號公園都沒放過，網路也進去了，中部南部幾處熱門據點分別託人捎去訊息。初始興致勃勃，很快便越來越沮喪——

你小舅現在什麼樣子？做哪一行？什麼特徵？「哥哥」還是「妹妹」？他這個年紀，在裡面跟在外面恐怕差很多喔，有沒有綽號？很少人拿本名出來混的啦……

鎩羽而歸。

林父的冠狀動脈已硬化得跟石頭差不多了，轉加護病房。

其實在此之前一年內，林父已因呼吸困難以及心絞痛掛過兩回急診，之後只能墊兩個枕頭半坐半躺勉強入眠；林母不跟他同睡，自然極少發現他時常喘得睡不著，只覺這個老番癲越來越懶，越來越胖，連腳踝都胖——她當然不知道那是水腫。所有的警訊都被忽略，林父自己則慢性自殺喝更多酒抽更多菸。總之這回是搏骰子。醫生說，不樂觀但我們會盡力。

林母日日問美蘭找到阿泰否，她已嗅到危機的氣息。大伯也問。所有親戚都在問。林美蘭焦頭爛額窮於應付，終於發飆。

「透早找到晚，還找到美國去，敢無在找？就是找無，我又有什麼辦法？」她當著大伯的面洪聲：「當初人不是我趕出去，現在都來找我！減一個後生是按怎？阮這六個女兒難道就不姓林？就不是子？」

林父陷入昏迷。

林美蘭終於等到紐澤西來的電話了，「對不起幫不上什麼忙，」鄭智偉很客氣說：「我跟永泰十年沒聯絡了。不過我會盡量找找看，如果永泰回來，也請他跟我聯絡。」

鄭智偉你他媽的混蛋王八蛋！要不是你帶壞我弟弟，他怎麼會被退學？怎麼會十年不回家？我們阿泰不知道在哪裡流浪，你這王八蛋老遠跑到美國真逍遙！

當然林美蘭並未開罵，理智最後一道防線提醒她，做為林永泰的大姊，她林美蘭可不是沒風度沒家教，還有，最重要一點，如果罵了，那就表示……表示……

林美蘭癱在椅子上，頓時力竭神潰，連眼淚流下來都沒察覺。

「林永泰，父病逝，速回！」

美如又登報，託關係好不容易擠上一家大報頭版。美蘭不反對也不鼓勵，「要刊就去刊，不過美如你要覺悟，花這種錢就親像放水流。」

尋人指揮官已經完全棄守，轉任治喪指揮部。

林父因心肌梗塞病逝，享年七十七。

風水是早就看好的，十幾年前修祖墳時，林氏三兄弟一併訂好了各房的墓地——買一大片比一塊一塊購置便宜許多。壽衣也早備妥，棺木選定，林美蘭原以為其他諸事交葬儀社處理可以快刀斬亂麻，沒想到光是靈堂要幾尺寬、幾尺深、幾層祭壇、用多少鮮花、什麼花、帳帷質料顏色……就已七嘴八舌，林母及伯叔各一套意見，連美香等人都來插花。不得已只得耗著。耗了一日夜，反而沒人出面攬事了，按往例又推到美蘭頭上。

決定了靈堂、墓地規模樣式、出殯陣頭，唯有一事遲遲無法決定——印訃文。

出殯日不擇定，訃文便無法發印。「無後生捧斗，欲按怎出山？你老父是真愛面子的人。」林母堅持要等林永泰，長輩們也有此意。林美蘭拿出老辦法，再耗。

林添旺生前最後那十年，子孫從沒到得這麼齊過。頭七當日，六個女兒，四個女婿（美香離婚美如未嫁），加上九個外孫，統統到齊。移民澳洲的美芳兩年沒回來了，遠在南非的美嬌更久，將近五年。歸鄉奔喪自然不是什麼開心事，但二十幾個大大小小的人忽塞滿這荒僻寂寥許久的兩進三合院，大人敍舊小孩打鬧，加上前庭靈堂早晚川流的弔喪親友，單是吃飯都熱鬧非凡。

頭七，葬儀社按各人身分發給不同孝服。美香雖離婚，仍以出嫁了的外姓論，穿粗痲唯美如一人。

「孝男咧？」葬儀社拿著痲衣草鞋問：「無孝男啊？不是說有一個後生？」

無人答腔。

「後生連頭七都無返來？」

「永盛！」大伯招手要大堂兄向前，「你來穿！」

「無要緊啦，阿伯！」美蘭揭開白布頭經連忙阻止，「有也無，無也有，阮阿爸真實在的人，不會計較這。」

「你是知影啥？」大伯一時難下臺，怒斥：「嫁出去的查某子管這多！今日你老父無去了，難道你目睛內連我這個大伯也不存在？」

林美蘭咚地一跪，聲淚俱下：「阿伯！」妹妹們紛紛跟著跪。「老父無去，還擱望阿伯給我們疼惜，若是講目睛內無阿伯，我即時被雷公打死！」林美蘭再加一句：「像阿伯這有福氣的人，還要吃到百二歲，阮姊妹哪敢讓永盛大兄替阿泰那個不肖子來做孝男？」

葬儀社一旁催促，喜喪場合多紛爭，他們幹這一行看多了，不催，沒完沒了。而大伯其實也並不真的甘願讓自己後生替他人披麻帶孝，哪怕是伊們自己的親阿叔，再說，下輩跪也跪了，風波就此平息。

大殮。天漸暖，不能拖。

林母後悔當初沒聽美如建議，把遺體暫置殯儀館冷凍。既如此，要殮也只有殮吧。

日日有親戚來，日日哭一回，哭老尪歹命，哭自己歹命。夭壽仔不回來，出殯無人捧斗是一件心事，最重要的，往後日子要跟誰過？難道就守著老厝跟老尪靈位相對看，孤孤單單半夜死了也沒人知道？還是輪流到女兒家去住——但這又算什麼呢？她林陳品又不是沒生兒子。

哭泣之疲勞，心事之沉重，林母除了應對親戚不大有話，也少吃睡，清早起來便坐在靈堂裡為老尪摺著往生蓮花一朵又一朵，已經摺了幾大籮筐。喪儀諸事交給美蘭，她已無力有意見。唯一堅持，要阿泰回來捧斗。阿泰一日不回來一日不出殯，她有她的原則。

第十四天，大伯也著急了，過來問日子看好沒有，訃文到底發不發，再拖下去添旺如何超渡？對親戚如何交代？「阿品欸，囡仔不曉打算，難道你也不曉？按呢拖下去是要拖到何時？甘對？」

林母緊抿嘴角，繼續摺蓮花。

林家姊妹趁勢紛紛發言。要上班，要做生意，孩子馬上要期中考；住城市的惦記城市，住外國的記掛外國……總之，都希望此事及早定案。

林母起身推開七嘴八舌的女兒，進屋拿出一疊往生冥紙，坐下繼續摺。摺著摺著哭起來，狠狠抹去眼淚，那眉宇的仇怨無助，彷彿孤軍對抗一群沒良心的歹人。

眾人見狀紛紛噤聲，大伯嘆氣離去。

半夜，周珮瑩聽見小舅房間傳出窸窣聲響，忐忑著推門，發現外婆在收拾小舅東西。已封了一皮箱兩紙箱，敞開的衣櫥空無一物，周珮瑩知道那裡頭除了衣服還有一把外公送小舅的木劍。書架上的鄭愁予白先勇曹雪芹尼采赫塞杳無蹤影，口琴、錄音帶、棒球手套、球鞋皮鞋……甚至一直保存在桌墊下那張永昌永泰週歲時的全家福也已消失。林母站在凳子上，小心翼翼著手正要撕牆上一張褪色的電影海報。

電影《俘虜》經典畫面，小舅的寶貝。周珮瑩長大後曾經找來看過四遍的。

海報當初不知是用什麼黏上去，彷彿已在牆上生了根般摳不動，林母一面使勁一面又怕弄壞，立於凳上顫巍巍，看得人心驚肉跳。周珮瑩扶外婆下來，換她站上去，拿美工刀一點一點刮。

不知刮了多久，刮得眼瘦手痛腳發麻。前庭靈堂日夜不停播放的錄音帶誦經聲遠遠傳來，像配合她手上動作產生一種和諧的節奏。周珮瑩刮一陣停一陣，偶爾皺眉等外頭刺耳的車聲隱去。以前晚上很安靜，她想，現在居然連這兒都有人飆車了。恍惚間窗外似有人影閃過，原來是那棵老木瓜樹在搖。

「阿嬤，彼叢木瓜樹敢還有生木瓜？」她忽然問。

「有喔，你阿公時常澆肥，每年攏嘛生真多。」

周珮瑩轉身繼續刮海報，眼睛飄忽起來。眼前埋在土裡的忽然不是大衛鮑伊，而是小舅的臉，外公的臉。其實最像小舅的是外公……不對，跟外公最像的是小舅……年輕時的外公也有一雙大眼睛……她眨巴著遺傳自外公的大眼睛，趴在牆上繼續努力地刮。

翌晨，林母照例把老尪靈前的鮮花水果換新供上，眾女兒外孫梳洗畢，一個一個來上香。

「美如，去拿大廳彼副筊杯來。」都拜過以後林母說。

大夥納悶，幹什麼要擲筊？

美如將筊杯取來交給林母，林母對著林父遺照呢喃許久，極慎重地將筊杯往地上一丟。

眾人都圍過來看，「啊！成杯！」

林母嘆了口氣：「你自己的意思，到時勿通怪我。」說著將筊杯拾起來。

「阿母，你是甲阿爸問啥？」林美蘭終於問。

「緊去看日，」林母說：「你阿爸答應了，勿免等阿泰了。」

六姊妹從未這麼合作無間這麼有效率過，兩天後訃文交到林母手中，美蘭一字一字念給林母聽，向她解釋。

「顯考林公添旺……享年七十七歲……不孝男永泰，不孝女美蘭、美櫻、美香、美嬌、美芳、美如等隨侍在側……」

「按呢對，」林母哽咽道：「永泰的名嘛是要給伊寫上去……」

出殯當天，風和日麗，自麥克風傳出的孝女白琴哭調與誦經聲特別清晰。林家六姊妹從五十公尺外的小路口一路爬進靈堂，個個膝蓋淌血痛哭失聲。林父待女兒不薄，能讀書的盡量讓她讀書，出嫁時也力置妝奩，分祖產一份。在她們家，掌藤條的是林母，好脾氣的林父只打過一次孩子，那永遠的一次。

陣頭不大不小，除靈車外另有花車四輛，中西樂隊各一，負責抬棺及法事的，加上林家親族數十人分乘三輛小貨車七輛小轎車。出發時由美蘭捧斗，美香撐傘，美櫻持招魂幡，美如抱著林父遺照，美嬌美芳率眾外孫於棺側執紼，女婿們在送葬隊伍最前頭掌連旌，長幅的紅色連旌旗幟隨風飄揚，旌上金漆字在春日下閃爍發亮——一幅寫著女兒女婿之名，一幅寫林美如，一幅寫著林永泰。林添旺後世子孫在他最後這一場告別式中皆各守其分、循禮行儀。

周珮瑩一路隨儀式前進，一路不時微掀起白布頭絰，吃力睜著淚濛雙眼四下張望，企圖於龐雜陌生臉孔中辨認出某張熟悉的面容。自從決定好出殯日之後，全家上下，包括外婆及伯公叔公等長輩，都無人再提及小舅了。周珮瑩懷抱希望一直到此刻，外公就要走了，就要走了啊，小舅到底會不會出現？

再走一段路就要上車。周珮瑩越急越止不住哭泣，眼鏡上都是霧。她害怕已認不出小舅了，三十歲的小舅是什麼樣子？像她有次在MTV上看到的一個很像很像他的鼓手那樣子長髮披肩？像她有次在PUB裡看到的一個很像很像他的人那樣小平頭條紋襯衫牛仔褲？還是像她系上一個很像很像他的助教那樣，邋裡邋遢短褲涼鞋？

無從想像，無從辨識，僅存記憶。抬棺工人們喘息著齊數口訣吃力前進，周珮瑩從不知棺木這麼重，沉重死別敲擊著斷裂的記憶，她慌張回頭做最後搜尋，失神間，四姨美嬌推了她一把，撿起掉在地上的頭經遞給她。

靈車蜿蜒上山，路旁林樹蓊鬱野草莽莽。周珮瑩憑幼時隨外婆掘土種菜的經驗，約略看出山土頗為結實緻潤。

「這叫什麼山？」問她母親。

「百果山。」

「啊？」

「百——果——山……」林美蘭以國臺語向女兒各說一遍，一字一字，非常緩慢的，簡直像在吟哦某首古老的調曲。

周珮瑩幾乎可以察覺埋藏在她母親唇角那極具戲劇性的笑意了，疑惑間，她看著她母親，突然靈光一現，差點也跟著笑起來。啊！怎麼沒想到？怎麼沒想到？

周珮瑩注視著自己母親的側影——現在想起來了，想起來了！原來她不是酷似小舅，而是酷似自己的母親，母親跟小舅姊弟倆的側臉是如此神似啊……沒錯，就是「她」！出殯前最後那個守靈夜，那個戴著墨鏡一身黑衣裙來上香的，與她母親面貌神似的「女人」……

周珮瑩忍不住往車後張望，不知道「她」是否正駕著某輛小車跟在隊伍後面，以「她」自己的方式送外公這最後一程？

「百——果——山……」周珮瑩學她母親的腔調小聲吟哦。

一腳踩進深淵，無法停止不能回頭，只有以重力加速度墜落……

關於她的白髮及其他

1

惡魔。

惡魔是鞭索是鐵鍊是亂絲環環纏繞，繞她成一具梭人，輾轉，轉，轉，轉……她的身體被密密捆綁除了頭——恐怕只剩頭了——啊啊救命啊……她彷彿穿越幾千幾萬光年回去搶救自己即將迸裂的殘骸，牙齒磨得吱嘎響，兩鬢青筋暴突，雙目緊閉，大白天斗室床上躺著的她，看起來不像做噩夢，倒像進入某種宗教式靈魂解構肉身顛覆的狂喜狀態中。

她冒汗呻吟，顫抖。久久終於乾黏眼皮開一條縫——媽的我在哪裡啊？

漂浮無重力狀態。回來，回來。她吃力揀拾意識的碎片，旋轉停止，她從高處墜落，一路下墜穿過層層疊疊的紫光白光藍光彷彿深淵沒有盡頭。接著一片金光撲向她，無邊無際閃閃金光填塞的虛空。

她認出她的鬧鐘。黃銅外殼映著日照灼灼，斗室中交錯著刀光劍影，竟有熱辣刺鼻的硝煙味。

窗外一叢異色蕈狀雲滯留在天頂某個位置不動，她直挺挺躺在那兒，也一動不動跟它僵持。日光似輻射塵散落，左眼皮跳三下。

「他媽邪門……」右眼皮也跳了。天上一道金光鎖定她眉心殺氣騰騰直劈而下，「操！」她倏然坐起。

那叢雲不見了。

她感到胯下有異，低頭發現月經來了，而且血崩一樣染紅整面床單。很好！真他媽太好了！不賭也輸衰到這種地步，一輩子月經沒這麼準過！她下床關上窗戶，搜集屋內所有大幅布塊紙板將每個通光口一律堵住。斗室頓成洞穴，她垂首踱步，任經血沿腿間流淌滴在地板，一步一印，血跡斑斑。

天旋地轉，口乾舌燥，她不禁懷疑自己已血水盡失成一具屍乾了。乾。灼痛的喉頭再嚥一下便成裂帛，她渾身上下乾得連淋巴液都擠不出零點一西西。

開冰箱找水，入眼只有幾罐啤酒。好吧，她開了一罐仰頭喝，隨即踉蹌趴到水槽邊嘔吐起來。

「吐！吐死活該！」她咒罵自己。最好能把五臟六腑整個身體腦袋一切廢物吐個一乾二淨，清出一個空皮囊好裝別的東西……她直起身，旋開水龍頭將穢物沖掉，剝了幾錠制酸胃乳片抓一把止痛劑配自來水呑下。

疼痛是神，疼痛是主宰。頭痛。背痛。腰痛。胃痛。月經痛。痛……他媽真痛啊。沒用的孬種禁不起痛，她乾笑兩聲，踩著地上自己的血跡蹣跚走回床邊，拿起電話。

2

費文嗜光怕黑，大夥都知道，陰天她最憔悴，雨天她最羸弱，日光是她活命仙丹。夜裡睡覺她要點十幾盞一百瓦燈泡在七坪大的房間，她的衣物非黃即白，只用白瓷或金屬器皿，住處白牆白地板白色澡缸馬桶洗臉臺，家具部分上鉻黃塗料。她們笑她不如打造一幢玻璃屋，把自己種在裡頭好吸取日光精華。

「又不是植物！」費文說：「人要節制。」

當然，眾人無異議，要節制。不節制怎麼長命？才約好了等老到無性慾食慾跟植物差不多的時候就蓋座大宅住一起，內供光屁股女神一尊——哪位女神屆時再投票決定，也許就供奉已先赴天國的蓋書婷同志吧——另外養一堆活蹦亂跳的母豬母雞母狗母貓之類，最重要是養老。養得老老老，老到足以成為神話曰：「從前從前，有一票百歲女巫老妖精……」為此必須節制。不節制不能長命。不節制，費文昨晚也不會跟椒椒小姐說要分。

「我們散了吧，椒椒。」昨晚費文打定主意要跟椒椒說。

昨晚……無數個雷同的昨晚，集體意淫所堆積的記憶遠勝過個人自慰，她記得，她也記得，她們都記得。若干年前眾人薄衫赤腳遊街那個週末夜，愛瑪小姐以黑色蕾絲襯裙終結自慰的年代，潔西小姐則以拷貝自老阿嬤的敞口無袖棉白內衣，高掛無邪羊頭賣意淫的狗肉。Good girl，Good girls！好女孩們朵朵微笑漫地潑灑如鈴鐺花，模糊簇疊，透明輕質的藍……藍色是遙遠哀傷該死的乾淨春夢沒有分泌物，從此母獸們開始發情上戰場，捐軀者好歹堆在記憶之荒原當肥料。

趕盡殺絕，風花雪月。急雷做戰鼓，響亮的獵歌似狂沙覆蓋黑夜。

眾姊妹卸下乳罩身披薄衣，晃著大大小小奶子出巡基隆廟口的陣勢何等威武，眼做刀斧見人封喉，路樹立成焦炭。黑白雙煞愛瑪跟潔西領隊，眾人大奶小奶一律莊嚴挺立，沿路拖曳長串獵來的眼球，左腳右腳左腳右腳齊步走，她們驍勇剽悍她們鬥志昂揚，腳底下一顆顆眼珠如亂石互擊喀拉響，放鞭炮一樣。

據說十八王公的香客也為她們燃起一千零一炷香。廟門之前，眾人橫陳大醉，亂風中費文就近翻開一條裙子鑽進去點菸。外頭風生浪起，她忽聞海潮鹹溼味與裙底胯間的鹹溼味混成異香醚人，不覺迷走其中不辨今夕，突然頭頂裙罩一掀，她恍恍抬頭，原來是椒椒。椒椒醉眼惺忪，蛇起腰來召喚浪潮便舞，左撥右撩弓起手臂魔指點點，潮來潮退搖頭擺尾，長髮迎風像烏亮水蛇游向空中，一身紅袍灌滿了風成張牙舞爪的旗幟，赤色大旗順風而行沿海濱漸飛漸遠了。賈仙急喚：「椒——椒——」抓起酒瓶仰頭灌，衝過去攔腰劫住她，嘴對嘴送她一口酒。嗯，好長好甜一口啊……蓋子說……

開國元老，蓋子、椒椒、詠琳、曼卿。那時蓋子跟張明真，椒椒賈仙，詠琳潔西，愛瑪阿寶。費文沒人，之前歸曼卿，有那麼一天曼卿終於收拾行囊掉頭去。再不挑食也被搞壞胃口，費文很有這種本事，她們說。

最後趕上繁華者潔西小姐。詠琳引她進門，第一眼沒人喜歡她。愛瑪挑眉橫睨她足足兩分鐘，最後鎖定她耳朵：「阿根廷紫水晶，手工，龍門樓上 Nana 賣五百五。」說她那對寶塔似的龐然大耳環。

「你買五百五？」潔西熱眼移近，彷彿對環伺的冷目全不知覺，「居然賣我八百塊！」

「你沒殺價？」愛瑪跟著升溫，「她開價八百對不對？我跟你講，那邊的東西你一定要殺價……」一拍即合，耗時三分鐘莫逆成交。

阿寶向詠琳耳語：「我看這女人跟愛瑪一樣敗家，搞不好更厲害。」

「她花她自己關我屁事！」詠琳回答。

當時詠琳剛進出版社，起薪不過九千，一個月不吃不喝殺價買十六對那種耳環，還能剩二十塊。

費文遠遠打量那女巫。一指（趾）一色指甲油。黑的白的黃的藍的。珠銀。苔青。蛇膽綠。豬肝紅。瓷白娃娃臉，嘴角一抹血跡居然是——乖乖檳榔汁！毛黃長髮及臀，手鍊戒指耳環外加幾百條珠串披掛滿身，光呼吸都會震天響。此女另馱一只不黃不白汙髒大布袋，鼓鼓滿滿不知裝了啥可疑之物。費文蹙眉後退兩步，不安起來。

此女當日即進駐詠琳處。大布袋之謎揭曉，裡頭是潔西小姐所有家當，睡袋鋼杯衣服，連牙刷毛巾都沒。布袋掏空抖出幾撮皺巴巴乾草葉、一團銅線、石頭、鉗子、小刀、強力膠……最詭異是一個葫蘆形小罐，黑油油看不出啥玩意。

邪門。

「你哪裡撿到這女的？」蓋子說話了，「萬華車站啊？」

「蹺家啦。」詠琳答。

「幹什麼的？」

「剛休學，大五，畢不了業。」

「你養她？」

「還她養我咧！」

「你小心點！」

「再說吧。」

當時每週末費文必須準時向麻將師父詠琳蓋子椒椒報到，因曼卿回日本後他們打牌湊不上搭，費文是罪魁禍首，眾人無異議指定她頂替。費文原指望半夜阿寶報社下班回來解救她，但阿寶牌癮甚淺，得吃飽喝足洗頭洗澡甚至小睡片刻才能上桌，這一睡常常就到天亮。費文如坐針氈，屢次哀求愛瑪相救，但師父們多以愛瑪乃朽木不可雕為由叫費文自立自強專心學藝，不讓愛瑪上桌。潔西來了以後，愛瑪更義無反顧偕同最佳敗家拍檔出門去共度美妙週末。如此週復一週，費文繳給師父們的束脩足以換好幾頭上等乳豬，牌技卻不見長進。

賭局無限量複製，費文倒先上了別的癮。

耳朵越練越尖。她偵測到一種頻率且一日比一日渴望它。體內有什麼東西在蠢蠢欲動，她熟悉這滋味，太熟悉了，她是隻馴良的優秀獵犬，血腥令她興奮，追蹤獵物是她的責任。勤快的狗兒有骨頭啃，這些年只有她的愛史可與阿寶相提並論，情人數量比蓋子跟詠琳加起來還多。阿寶那首詩怎麼說來著？……地底的熱流，三月冰川深處有水醒淌……不，比地底深，比冰川三月還三月，無深度溫度無法以任何測知，她聽見，總之，她聽見了。

心跳加速，手涼耳熱，她聽見五樓下一百公尺遠的巷口傳來對方腳步聲衣物窸窣聲，甚至呼吸。頻率迫近她越加躁急，筒子萬子條子紅中青發白皮東南西北方塊砌疊的城堡在她眼前崩塌，一磚一瓦，隨湍急的水流走，被漩渦吞噬。無能為力，耳即是身即是心即是一切，多麼強烈的衝動想引吭高吠衝向門口去搖頭擺尾呵。她忍得汗流浹背。

再來發展嗅覺。鼻進化成犬科，她開始嗅聞主人的味道，獵物的味道，神的味道——但她同時也聽到神說，不不，你在引鬼上身啊，孩子。

「……既然說出就要放乎忘記啦，舊情綿綿暝日卡想也是你……」那個大雨滂沱之夜潔西歌聲如雷貫耳——「明知你是楊花水性，因何偏偏對你鍾情……」鍾情……費文鍾情摸來的一張三條遲遲打不出手。「睡著啦你！」詠琳催她。啊……不想你，不想你，不想你……

一顆核子彈在費文耳內爆炸，將她蝕穿。

青春夢斷你我已經是無望……聽牌無望矣……明知你是有刺野花，因為怎樣我不反悔……「胡啦！」蓋子推牌，詠琳放砲。費文安全下莊，狗性難改朝空吸了吸鼻子。

「你搽什麼香水今天？」詠琳趁洗牌空檔把頭埋在潔西胸口蹭兩下。

「Poison，毒藥。」潔西答。

費文埋首砌牌，猛一陣暈厥因為過量毒藥。真真是毒藥！原來潔西彎腰面向詠琳的同時，也在牌桌底下放毒。此女暗暗側勾起左腳伸進桌底，用腳趾尖輕滑過費文小腿，一下，一下，又一下……千百條小毒蛇在費文腿上爬行，細細尖尖的毒牙戳來並不痛，而是癢；毒液迅速通過血管流抵心臟，費文簡直懷疑每個人都聽見她的心臟在撲通撲通響，像戲臺上兩軍交戰時的疾短鑼鼓點，千軍萬馬攻來，人神共驚的一聲聲：「殺啊！……」

費文從死裡回來，耳不聽目不明瘖啞難出聲。毒！有夠毒啊！根本不是做賊的料，看詠琳完全沒有捉姦的意思令她更加忐忑，結果那把牌她一直到放砲才發現自己多補了一張花，相公！浩劫大難莫之能禦，災情慘重到八圈之後依然翻不了身。

毒藥香水在臺北街頭迅速蔓延，潔西小姐還剩大半瓶，全數倒掉不留一滴。而那個盛毒藥的紫色小玻璃瓶，數年後費文還無意間在詠琳那兒看過，當時詠琳跟潔西早已分手。再後來，曼卿在日本嫁了個美籍猶太人日語比她溜十倍，消息傳來眾人狂笑。曼卿信上說，老傢伙大她十九歲，前任老婆日本人，前前任韓國人，總之膜拜東方女神，更膜拜中國菜。她天天給他吃肉，豬雞牛羊還有人肉，而且專挑肥的。胖白粉嫩的曼卿妹妹沒日沒夜一逮到機會就軋老傢伙，軋得他兩腿發軟越吃越多。這女人好毒的心腸想遺產哪。

從曼卿開始一陣結婚熱，包括阿寶的青梅竹馬、蓋子前任和前前任，還有詠琳那個始終只跟她神交不性交的學姊。最離譜莫過愛瑪的新歡洪美華，這個全臺灣最男相的湯包居然也會穿白紗。阿寶不死心去喝喜酒，回來哀哀一句：「內行被外行耍啦！」原來洪美華兩年前就已經訂婚。問她有沒送禮，她說送了，愛瑪交代的。大夥齊斥愛瑪，愛瑪冷道：「冥紙一疊，夠意思吧？」她咒她死，恨的。半年來這笨女人不知已經奉上多少金鎖銀鍊新臺幣給人家。

姓洪的沒死，死了另外一個。割腕沒死成換吃藥，送急診洗胃救活過來，又溜上醫院頂樓往下跳，摔成一灘番茄炒蛋怎麼也拼不回來。詠琳去認的屍，死的是她換帖哥們，蓋子。

詠琳並不哭，灌酒，當水一樣灌。不吃不睡不言語灌得兩眼發直，幾乎也要掛。她跟蓋子哲學系四年同窗聯手打天下，車馬衣裘共享，榮辱福禍同擔，可以為對方殺人放火的交情。數日後詠琳勉強打起精神幫蓋子父母辦後事，入殮那天終於崩潰，哭得比人家爹娘還抓狂。她心痛蓋子那張天下無雙的漂亮臉蛋摔成了補破網，又對壽衣直跳腳，差點把蓋子從棺木裡頭揪出來換成男裝。大夥制不住她只好將她架出靈堂，「要死屁也不放一個，我他媽想去幫她殺人都不曉得殺誰！」她最後說。

T大哲研所女生蓋書婷跳樓自殺事件為那個時代劃下句點，活著的仍然得活著，歷史不足訓忘了也罷。蓋子死前究竟想什麼沒人知道，沒遺書沒遺言連日記筆記任何蛛絲馬跡都沒。唯一線索她最後的愛人張明真從頭到尾沒露面，她們找過她，「我知道的不會比你們多，」張說：「沒吵架沒第三者什麼異樣都沒有。還跟我說出院以後找房子一起住，等她口試通過我們攢錢出國……」從來溫柔敦厚的張明真居然也會冷笑，「知道她跳樓的時候我正在幹嘛嗎？幫她買鞋子！她說要大半號的，好走的，最好是慢跑鞋。哈哈！」笑著狠狠抹去兩行淚。

死活都要立足地，出局的入局的，舊的新的，一副牌洗了又洗，現在賈仙跟小青一對，愛瑪跟詠琳，費文跟椒椒，阿寶特變態專釣小可愛。洪美華離婚以後阿寶在T吧碰過她幾次，據説每次女伴都不一樣，但都神似愛瑪，黑皮膚大奶大嘴巴。洪美華屢屢向阿寶要愛瑪電話，愛瑪告訴阿寶：「你叫她去死！」

是啊，去死吧！潔西也跟費文説過同樣的話，費文謹記之。愚公移山靠的是什麼？錯了，不是毅力，而是時間。此乃潔西名言之二，費文亦永誌不忘。時間的力量無遠弗屆，蓋子剛死頭兩年的冥誕忌日她們都浩浩蕩蕩上山去送花上香，後來也就忙了忘了。去年張明真結婚她們去喝喜酒，誰都沒提起蓋子蓋書婷，詠琳尤其沒提。滄海換桑田，十八王公廟前開新路，椒椒小姐非但不再舞新浪潮，她根本已經不跳舞許久了。大夥的夜再也熬不長，三十歲以上的人睡眠挺重要。

偶爾新人出現，大夥略顯振奮之意，但難持久。有些情境很需要時間蘊生，而且還不能太短，她們十數年來披荊斬棘相濡以沫以廝殺的故事說來話長，新人終究算外人。

像昨晚阿寶帶來的那個小鬼，不只是外人而已，簡直就是外星人。「可怕！可怕！」小鬼走了以後賈仙慨嘆。小鬼講了一夜沒人懂的外星話，蠟筆蛋頭小新聖鬥士莉香星矢完治小紅莓多莉阿莫思……念咒一樣。阿寶勉強出招說起近來現身的葛萊美獎女歌手 K. D. Lang：「有沒有？就是演《相遇阿拉斯加》那個？」小鬼撇撇嘴：「她啊？太老了！」完全無視於她們也跟 K. D. Lang 差不多老。

小鬼簡介各家T吧，為她們這群迷途老羊指引夜空中點點星群。東區西區南區北區，北極星的酒調得不錯可是貴，春光有舞池卡拉OK，獵戶都是一堆老Uncle，感官特區一天到晚辦座談最無聊……小鬼短薄髮，前額幾綹挑染，刺眼的白，左耳掛銀環，一把雙頭斧東搖西晃。小鬼說雙頭斧是女同性戀象徵，典故出自希臘神話，故事無趣所以她不記得了，反正就是有一堆女生每次拿這種雙頭斧跟人打架都很「害」——費文愣了幾秒總算搞懂她說的是High不是害。

「A-MA-ZON……」阿寶費力咬音吐字幫小鬼補充，「一票女的，驍勇善戰，曾經佔領過雅典，三千多年……」

「炫喔？」小鬼忙著甩耳環，根本當阿寶的話是空氣，雙頭斧一下一下砍她脖子，「我朋友在舊金山Castro Street幫我找的。」

外星話聽得眾人打瞌睡，小鬼將她們驚醒。「我不分！」聽她口氣好像也炫得很。大夥不懂她說什麼，阿寶幫她解釋所謂不分是指無所謂T或婆都可以。賈仙還是不懂，於是阿寶說：「她可以跟你也可以跟小青，懂了吧？不分——徹底擺脱異性戀模式的宰制，女體面對女體還我純粹的真實的原創的自主的面目……」阿寶陷入自我催眠，語音尖顫彷佛手持《毛語錄》站在中正紀念堂高喊破四舊的神經病，詠琳冷眼斜瞄，似在質疑她到底站在小鬼那邊還是她們這邊，賈仙睜大眼睛抓起配可樂娜的檸檬片嘖嘖猛吸，看得費文牙根發軟。

小鬼喝 Vodka 加蘭姆，杯緣抹一圈鹽巴。詠琳說店裡沒這玩意，小鬼鑽進窄狹的吧臺後面自己動手。她跟詠琳個頭都不小，兩人擠在裡面摩肩擦肘，詠琳努力維持長輩風度面無表情略讓了讓，不料小鬼一個大幅度轉身，差點撞翻詠琳手裡那杯調好的長島，冰塊擊得杯子喀拉響。詠琳斜睨她一眼，之嫌惡。

「你知不知道有一種 Rainbow？」小鬼回座以後阿寶祭出屢試不爽的法寶：「彩虹，六〇年代很流行，用七種酒調，酒的質量不一樣，所以一層一層浮著不會混在一起，一層一個顏色，紅的黃的綠的就像彩虹那樣。喝的時候要先點火燒……」

小鬼終於安靜聆聽老 Uncle 阿寶的天方夜譚，但還是忍不住插嘴：「哪裡有？你們會不會調？」

「香港，」阿寶沒勁了，「香格里拉酒店有人會調，聽說。」

「臺北呢？有沒有？」

阿寶搖頭。

「沒關係，」小鬼安慰她：「我去找，找到了跟你們講。」

趁小鬼上廁所的時候詠琳警告阿寶快點讓這個小白癡滾蛋。詠琳說，沒有人有興趣在這個六十幾年次的小鬼面前扮慈眉善目，再說，娜拉提諾娃就算退休也永遠是女金剛風範，難道叫高倉健跟中島美雪牽小手演熱力十七歲嗎？

「不倫不類！」賈仙說阿寶。

費文噗哧一笑，不是笑阿寶，而是笑那四個字。說得好，不倫不類。

「我們散了吧，椒椒。」費文終於打定主意要對椒椒說，下決心時她才開始第四瓶可樂娜，醉鬼心定，何況她還沒醉。其實她從來也沒膽量醉，「我們散了吧，××……」她不只對一個女人說過這種話。大夥十數年來相濡以沫如不乾不死的魚。一張網兜得魚們團團轉，兜她們成一圈奇異壯觀生物鏈，A捕食B，B依附C，C供養A……費文是她們當中唯一的素食者，海藻魚，白毛。

「我們散了吧，椒椒。」費文瞅著椒椒用眼睛說。她巡視眾人，詠琳的手在愛瑪腰背搓揉。愛瑪已懷孕九週。這一年多來她在詠琳共識下物色雄性篩選精子，乖乖了不起的愛瑪，居然找到一個血型星座與詠琳相同，而且一樣單眼皮哲學系出身的男人。愛瑪孕種成功，據說那精子的主人渾然不知自己被當成易開罐可樂喝過即棄，更不知道這世上已有一個遺傳他DNA的人類正在逐漸成形。愛瑪與詠琳大概打算就此定下來了，現有銀子車子房子，加上未來的孩子。費文有些疑惑，這不是她一直所認為的愛瑪和詠琳。

唉！白首偕老尚未成功，同志仍需努力——得等頭髮白了才算數啊！費文嘆氣，忽然發現賈仙額上居然有兩條好深的抬頭紋。

她分外鄭重珍惜地舉起可樂娜跟賈仙碰瓶：「長命百歲！」可憐這傢

伙赴大陸東莞駐守工廠三個月，回來整整瘦了四公斤。「不去了！再多一倍薪水我也不去了！」賈仙說：「什麼鳥不拉屎的地方！」

詠琳不知何時進廚房炒了盤麻辣肚絲，端出來擺在賈仙面前。她店裡向來不賣熱炒，羊肚不好買也不易處理，費文對詠琳有些刮目相看。賈仙不言謝，拿起筷子便大啖起來，這菜是她的最愛之一。

詠琳打烊以後小鬼終於離去，椒椒提議去她唱片公司附近一家地下PUB繼續喝。她說……她說什麼？

頹廢，decadence……對，好像是這個字眼，頹廢。她說她「特愛」那兒的頹廢調。費文搖頭。唉！頹廢，唉！椒椒……

跟隨頹廢的腳步進入後現代門檻，裝飾，反諷，輕薄，享樂，感官……頹廢風潮已成近幾世紀趨勢輪迴，在新舊世紀的交界邊境遊走。遊走，是的，遊走。費文吃力遊走在椒椒談話邊緣，吃力接收她拋出的大串符碼將之消化成白話文。她環顧滿室幾何排列粉彩色調的輕質桌椅，天花板上交錯的通氣管像放大的巨型ＩＣ板，牆上此起彼落的照片全是唇部大特寫，寬的窄的厚的薄的，開的合的露齒不露齒，男女老少，各色人種，太多嘴唇令人疲厭，光只有唇，彷彿超市生鮮櫃堆疊的魚肉，但至少你很清楚那些魚肉是食物，而一堆嘴唇？徒叫人食色兩慾皆衰。

費文呼吸困難起來，這兒燈光曖昧，令素有戀光癖的她逐漸委頓。牆角矗立的一組鋼條雕塑手法拙劣簡直像魑魅魍魎，靠裡面整堵牆是琉璃鑲嵌壁畫裸裎男女交媾圖。她不懂何謂頹廢，即使懂也無關緊要了，她只知道跟椒椒一定得散，不散不行。

椒椒要了五盅小米酒，除了愛瑪一人一盅。酒店老闆阿力安對椒椒鍾情已久，不時殷勤探看。椒椒跟她們說阿力安是二分之一阿美人，吉他薩克斯風一流，歌喉足以令全臺港男歌手靠邊站。「而且你們看他的型，阿部寬眼睛休葛蘭下巴奇諾李維悶騷做不起來才怪！」她說有好幾個製作人對阿力安覬覦已久，可惜阿力安熱中釀酒調酒遠勝過賣唱賣臉蛋，「他的小米酒也是一流，他連種小米都講究。」椒椒說。

「是嗎？」賈仙不懷好意瞄椒椒。「他們不是喝米酒加伯朗咖啡？」

「您恐怕落伍了，」椒椒慈祥微笑：「現在流行稻香加古道綠茶，或者啤酒加番茄汁。」

「賣酒賺幾個錢？人家賣身契等著簽給你啦！」

椒椒沒理她，起身去找阿力安。

「這麼快？搞定啦？」椒椒回來以後賈仙說。

椒椒轉頭點菸不看她。

費文遠遠瞧見阿力安在換CD，頓時一陣胃酸——又來了！這女人！她就算馬上聾掉瞎掉也曉得是哪張CD，連續半年來椒椒不停放給她聽，還錄了MTV叫她看，她早聽得看得想吐了她還不膩。

Return to Innocence，是啊多麼動聽，Return to Innocence，回歸純真。問題是純真除了做為名詞之外又是個啥玩意！「要節制啊，椒椒……」費文在心裡說。

喝—咿—呀—嗨—呀——嗨—嗨—喲……聽啊他們在呼喚，多麼Innocent 的呼喚，來呀我的孩子，大家手牽手圍個大圈圈，祖先的教訓現在我傳給你，你們要用心記住，不能忘記……

費文沒忘記當初椒椒跟她講 ENIGMA 這首 Return to Innocence 的神

情，「你聽！」她虔敬嚴肅得好像面對西斯汀教堂的米開朗基羅真跡。

「喝—咿—呀—嗨—呀—嗨—嗨—喲——」椒椒放聲跟著CD高唱，費文為表尊重也努力虔敬嚴肅地把曲子聽完。「唉！」椒椒慨嘆，「為什麼人家做得到，我們做不到？」看費文一頭霧水，她趕緊解釋：「ENIGMA是德國的團，採集了我們阿美族音樂結合他們的創作，你聽——」她再放一次CD，「這是阿美族舉行ilisin的時候長老唱的，ilisin簡單來說就是我們漢人所謂的豐年祭。阿美族男孩子十幾歲要參加一種類似成年禮的ilisin，整個部落的男人圍成好幾層大圈圈，越老的越裡面，年紀最小的就在最外面，這樣一層一層，像……像切開的洋蔥一樣。」文案高手椒椒小姐也有想像力無用之時，不禁赧笑，「不管它！」她搖搖頭自言自語，

「喝—咿—呀—嗨—呀—嗨—嗨—喲……最裡面的長老開始這樣唱，外面

就一層一層接下去，像重唱一樣，從最老的傳到最小的……」說到這兒已眼泛淚光。

「這喔咿呀什麼意思？」費文問她。

「嗯……阿力安沒講，大概是一種祈福驅邪的咒語吧。」

「這個要學起來，以後避邪的時候可以唱。」費文逗她：「喔—咿—呀……」

「天哪難道你一點都沒感覺？」椒椒大駭，「Innocence！源頭活水欸！再這樣下去大家都要僵死掉你不怕？」

「怎麼會？怕什麼？」費文傻笑，笑得也挺Innocent。

「你真的沒救了，費麗文！」

費文看著她，搜索枯腸。

「輸給你！」椒椒說完掉頭離去，留下忠實的機器兀自忠實複製著一遍又一遍蒼茫男音，像風迴盪山谷。

喝—咿—呀—嗨—呀—嗨—嗨—喲……

Don't be afraid to be weak

Don't be too proud to be strong

Just look into your heart my friend

That will be the return to yourself

The return to innocence……

椒椒有誨人不倦的品德，並未因此放棄費文這愚劣之徒，她放帶子給她看。

「我忘了你是樂盲，」她和藹可親告訴她，「看MTV好不好？影像可能比較觸動你，說不定不一樣。」

費文看了，看了不只一遍，而且果然看出一點東西來——但其實她看到的並不是回歸純真，她反倒從此明白了什麼叫做他媽的恐懼。

Return，return……果實回歸花朵根莖土壤裡，讓海潮回歸海的另一頭，讓馬蹄倒退就當牠這一生都在原地踏步，讓淚水回到眼眶回到淚腺回到不曾存在，皺紋回歸童顏，黑字回歸白紙，回歸……費文不禁懷疑回歸到盡頭是不是屎尿回歸口腔，人回歸到受精卵，再回歸到三百萬年前非洲的奧都維峽谷？如果不節制，那麼生物也可以集體回歸到單細胞構造，最後地球回歸成一堆濃漿美其名為混沌？屆時什麼都不是，nothing。純真的盡頭是nothing。

If you want, then start to laugh. if you must, then start to cry.

Be yourself don't hide. Just believe in destiny……

可怖啊！去他媽的 innocence！去他媽的 destiny！費文急急乾掉杯子裡最後一滴酒，想盡快驅除這支MTV所留給她的恐怖記憶。她擱下空杯子揮手找阿力安，阿力安說整罈小米酒都給她們喝光啦，遞給費文半瓶開過的 Old Parr，上回椒椒喝剩的。賈仙要臺啤，小青自己去調了琴酒加檸檬加養樂多（她得意的獨門祕方）。愛瑪胃口奇佳，已吃掉半條核桃雜糧蛋糕加兩包牛肉乾。

椒椒給她續酒，神色哀怨似已瞭矣。

費文轉頭無法看她，旁邊阿寶的聲音傳來：「……多可怕你曉得嗎？一票六十年次的！操！三十歲以上的 Lesbian 難道都死光啦？」她們之中只有阿寶出入T吧、G吧，一半為通人脈，她幹記者，跑藝文。阿寶說藝文界同志不少（奇怪費文也算半個藝文界人士，卻從來不認識什麼同志）。她說這幾年臺灣的同性戀文化是越來越蓬勃了，各種組織刊物紛紛揭竿而起，這其中女同性戀的聲音又比男同性戀大些，或許因為女性主義護航的關係吧。「早晚要分家，」阿寶總結道：「Lesbian 沒辦法在女性主義裡面開花結果，這是兩碼事。」

阿寶演講畢，聽眾反應冷淡，無人搭腔，連椒椒都不說話。椒椒本就跟阿寶犯沖，何況阿寶這套講辭換湯不換藥的已經講了第N遍啦。同性戀文化關她們屁事？女性主義關她們屁事？沒這些東西她們不也活到現在？半夜兩點半談這些，不如去睡覺比較實在。

「該上床啦！」詠琳說。費文隨她目光巡去，見愛瑪不知何時已倒在角落一張沙發上睡得好熟。

上床二字反令賈仙精神大振，「怎麼樣啊，費文？該．上．床．啦？」說著瞅椒椒。

「花癡！」椒椒回敬她。

費文跟椒椒還沒上床，不只椒椒，她從來也沒跟哪個女人上過床，所以她「實在很混」——阿寶說的。根據阿寶那套分類法，詠琳、賈仙、費文跟她自己都是 Lesbian 裡面的 T，Tomboy，湯包，簡單解釋叫做男人婆。其實這些名詞對她們毫無意義，不過方便外人認知罷了，就算把 Tomboy 改成 Tomgirl 亦無不可，而且還更貼切一點。費文從來對名詞符號不感興趣，她前面十數年的 Tomboy 生涯可從來不知道 Tomboy 是啥。

重點不在名詞符號，在內容。

「太混了吧？不上床那你搞屁？」阿寶對她頗不以為然。

「錯了，她就是不搞『屁』。」賈仙曾替她回答。

「無能，鴕鳥，牆頭草。」詠琳如此結論。她說費文愛無能性無能，以為像鴕鳥一樣把頭埋在沙堆裡不去碰性這個東西，就永遠不必面對自己面對別人，說不定在必要的時候她還可以用這當藉口，澄清說她不是同性戀——可惜詠琳的激將法也沒成功，費麗文小姐並未因此而改邪歸正。

愛瑪說她有病，小青和賈仙則曾免費示範教學，給她這個「性盲」啟蒙。還有一人如此道：「哀哉哀哉！巴比倫哪，你所貪愛的果子離開了你，你終將傾倒，親愛的費文，你的巴比倫城終將傾倒成廢墟，你若不願與魔鬼同處，就早早死吧……」潔西給她的信上這麼寫：「親愛的費麗文小姐，若你不能自了，那麼來，來潔西這裡，這裡有顆好好吃的毒藥可以毒死你。」

毒．死．你……

「我們分手吧，椒椒。」費文終於說。她蹲在人行道乾嘔，椒椒立於一旁輕拍她的背，費文嘔不出東西，捧著胃一轉眼，瞥見椒椒短裙底下的兩截腿。

「其實，你可以跟阿力安……」她對椒椒的腳踝說。

「媽的費麗文！」椒椒一把拽起她，「有種再講一遍！」

「對不起，我就是沒『種』。」費文搖搖欲墜。

椒椒不讓她騎車，先押她去 7-ELEVEN 買吃的，費文撈了滿滿一籃子啤酒，椒椒嘆氣把帳結了，一手拎東西一手拎著她上了計程車。

「你們斷不了是不是？」車上椒椒開口。

費文搖頭。

「那你——」她還沒說完費文又搖頭。

椒椒是聰明的人應該懂吧？費文癱倒在椒椒肩頭咬牙強忍著不能吐，彷彿坐在雲霄飛車裡，三百六十度旋轉一圈又一圈。倒行逆施。不倫不類。Return to Innocence。純真的盡頭就是 nothing。去死吧親愛的費麗文……Return to yourself don't hide, the return to innocence……回歸不了的一切已經太遲啦，費文終於「哇！」一聲吐了出來。

3

阿寶說費文最有本錢。寬肩平胸窄臀長腿，加上高額俏頰與線條俐落的頸子，還有，最重要一點，他媽的費文缺心少肝完全對失戀症候群免疫，她實在有絕佳的本錢穿長褲剪短髮扮可人 Tomboy，起碼，三十五歲以前，費文比她們任何人都有本錢去誘拐未成年少女。

「而且保證留人家處女全屍好嫁人。」阿寶如此酸她。

她很難拿捏阿寶言下之意是褒抑貶，她從沒跟誰約定要海枯石爛地老天荒是事實，從沒一把鼻涕一把眼淚欲仙欲死是事實；早在遇到潔西之前她便已發現，越是如此越是有人要來啟蒙她、剪裁她、挖掘她。她知道她們喜歡她的遲鈍無心，越鈍越好，她在替她們探測安全的底線。

她得天獨厚，她又何嘗瞧得起費麗文小姐？除了青春期那幾年，除了練習如何缺心少肝，她的 Tomboy 養成過程完全仰仗天時地利人和，她自己可沒盡過什麼力。快滿六歲那年冬天她就沒娘，費麗文是她老爸還有三個哥哥帶大的，從小撿她哥的汗衫褲子穿，一樣去理髮店，他們跟人幹架的時候自然也沒忘了帶她去見習。還需要怎樣？得來全不費工夫，十八般武藝直接師承父兄，小學三年級開始跟她哥學泡妞，四年級，替他們跑腿買菸，雜貨舖散支零售新樂園，沒濾嘴的，偶爾他們也賞她一管。她頭一回吸菸嗆個半死，憋得滿面通紅眼發直，她大哥擂她胸口一拳：「幾歲了菸還不會抽！」

五年級，初吻獻給她大哥女友波霸阿霞。六年級，大哥弄了本破爛汙黃的《Playboy》回來兄弟傳閱，也許因為太緊張興奮故而忘記把她支開。再後來，她無意間撞見阿霞跟大哥妖精打架……啟蒙，啟蒙！當小青與賈仙灌下兩瓶紅酒，雙雙寬衣解帶為她賣力示範時，當她們以手指以唇舌甚至好不容易搞來的好幾樣性玩具一樣樣向她講解時，費文其實是有點抱歉想笑的——她的啟蒙比她們所以為的更早更徹底，她明白得太早，也太晚了。國中前後那一兩年，天知道，她居然也有幾次想拿她三哥的童軍繩上吊去天堂。

大徹大悟自己並未配備雞巴卵蛋，她的奶雖小雖發育得晚，到底還是發了出來。至於月經，健康教育課本裡的說明已經夠她冒冷汗，加上幾個死黨形跡鬼祟地頻頻交換著關於「好朋友」的私語，費文幾乎悲憤難平認為她們已經祕密結盟屏除了她；而為了她們，為了她的死黨們，她甚至願意祈求月經快點來，差不多是打落牙齒和血吞。等到國三，無計可施只有找阿霞。阿霞為給她講習，二話不說脫掉衣服褲子，帶著費文的手在她身上認路，來，這是奶奶，這裡，肚子裡面有子宮跟卵巢，還有，這個叫陰道，男生的雞巴放在這裡會懷孕，小貝比這樣生出來……費文抽回手抖抖說我知道了，阿霞慈眉善目笑著交給她一袋生理褲衛生棉，放她回家。國三下開學前幾天，初經果然來了，圖窮匕現，她像赴死烈士冷靜悲壯進浴室把自己料理好，洗內褲時頭一次想起老娘。此後一直到上大學離家，費文換下的衛生棉都是另外包好了帶出門去丟。

除了月經以及撒尿的方式，其他十八般武藝師承父兄。即使每月總有若干片刻感到孤獨，卻也不難度過——三十歲前她從不經痛，量也少，兩三天很快便混過去——她甚至懷疑她老爸老哥已徹底忘了她是女的，她自己也忘了。

她很難體會，阿寶她們幾個多年來努力不懈建設身心，是怎樣一種忠誠盡職，好比中世紀騎士之恪守戒律，她們永遠記得把襯衫扣向右衽——費文更徹底，她到現在仍然穿汗衫，而且拜小奶之賜，連胸罩都沒戴過一次。阿寶抽萬寶路，賈仙是硬盒長壽的忠實擁護者，然而費文的啟蒙新樂園？對不起，她們沒抽過。

阿寶每週兩次，每次至少兩小時（比小青做臉還勤快）向健身房報到，詠琳慢跑，愛瑪游泳，賈仙打網球，椒椒練瑜伽，只有不知長進的費文不運動。「六十年次滿街跑你知不知道？」阿寶警告她：「別太囂張，長老級啦！」

其實不是囂張，而是絕望。一個從來不曾努力維持過什麼的人，想努力也無從著手。

她只能勾勒那幅自畫像——打從發現第一根白頭髮開始，她就不斷夢見白髮銀絲三千丈，將她密密捆成一具木乃伊——髮蒼蒼而視茫茫，傴背垂肩顫危危跨上鏽蝕機車，（也許三十九歲，也許四十九，她尚無法想像比這更大的數字）漫天沙塵是千萬把雙頭斧迎面劈來，她衰老脆弱的靈肉再無招架之力，而她的額頭、眼尾、臉頰、脖子以及四肢，刺青一樣布滿一條條皺紋老人斑。不只是她，她們一個個無一倖免。

……起碼，三十五歲以前，她比她們任何人都有本錢去誘拐未成年少女……三十五歲轉眼將至，時間的力量無遠弗屆，費文還沒白癡到以為自己可以逃過時間的殺伐創造奇蹟。何況她已經有了白頭髮，雖只幾根，很快的它們就會星火燎原一發不可收拾。不·可·收·拾——說什麼 **Return to Innocence** 都是狗屁！她還不夠 innocent 嗎？一直以來她堅持停留在純真的年代不肯向前，她理直氣壯（絕對安全）跟女伴們玩牽小手親小嘴卻完全不涉性器官的青春期之前的遊戲，扮演 Tomboy 之輕易一如扮家家酒。她難以想像，過了三十五歲，自己如何還能一副天真無邪狀？

白費力氣。從青春期到前中年期，她完全是白日夢白費力氣，沒有長大就要老掉了。

鮮血自體內湧出，彷彿要把她未來十數二十年大概兩百個月的經血一次排盡。夜安型衛生棉不到半個鐘頭便已溼透，費文想起以前幫潔西買過的產婦用的大大厚厚那種，只好下樓去超市找，一路上輕飄飄像浮在地面。好不容易爬上樓來，換好這特大號的棉墊，清理好床上所有沾染了血漬的墊被床單，她便死魚般癱在床，下腹繼續痙攣抽痛，十二月天裡透體汗虛。

得打電話去請假，費文想。還有幾張版樣不能拖，只好拜託同事做。兩件外套還在洗衣店，信用卡繳款期限是不是就今天？電話費已經過期，再不去繳會停話。馬桶漏水幾百年了還沒修，燈桌要換燈管，噴膠快用罄，冰箱裡的土司發霉要扔掉，還有摩托車還在詠琳那兒……費文乏力癱在床上細數備忘錄，一陣茫然——這些，就是她的生活？

不對，不好，不祥之感無端盤繞。她拿起電話，撥給椒椒。

「其實你可以去嫁人——」她還想跟椒椒說，但那頭鈴聲乍起她就把電話掛了。這根本不關椒椒的事，費文清楚。椒椒有她自己一套「乾爽透氣不側漏不回滲」的戀愛哲學，真正可恥的是她費麗文。

「去嫁人吧，椒椒……」費文還在想：「不要在我身上浪費你的青春……」哇操念咒是不是？難道不能換點新鮮的嗎？曼卿嫁人了，端如嫁人了，包括阿寶的前兩任貝貝跟林子琪，還有賈仙前一任蕙心，還有，詠琳的阿姬，統統都去嫁人了，全是費文的功勞。她卑鄙她無知，潔西說的，自己沒本事幹嘛不滾？一個個勸人家去從良，你以為你在幹嘛？普渡眾生啊？不知道誰才真的需要普渡！

病態！潔西説她。

她也知道自己有病，比方她尿床。算是尿床老手了，才五歲，就會自己起來換褲子，洗乾淨踮著腳尖撐竹竿上晾好。她老娘走前一夜她也尿床。五歲快滿六歲那年冬天，月黑風高的夜晚悄悄起來換洗褲子，因為連墊被也溼透，只好去她爸媽房間想跟他們擠一宿。她站在他們房門口，先是看到四隻腳丫，老爸老娘的，上去四截光溜溜的腿她也認得，還是老爸老娘。可是再上去，暗黃黃肉色一團，完全不認識。肉團顫動起伏忽快忽慢，像有什麼嚇人的事要發生又沒發生，她適應黑暗以後，終於認出肉團上方有顆圓圓很熟悉的後腦勺是老爸的。她躊躇著不知道要不要喊她老爸，就在那一刻，她老爸突然發瘋似的埋頭急蹭，另外一張臉從他胳肢窩底下鑽出來，是她老娘。

老娘看了她一眼，不叫她，也不講話。費文渾身顫抖，馬上轉身逃回自己房間。第二天，她老娘就此消失，費文連續三日夜高燒，不斷夢見老娘牽著她的手在黑暗潮熱的迷宮中急奔，她們左迴右繞慌張奔跑好像後面有什麼可怕的怪物緊追而來，喘息聲腳步雜沓聲不絕於耳，老娘拉著她前進轉彎前進，卻怎麼也找不到出口。終於老娘鬆開她的手說：「咱隨人顧性命吧……」夢到此也醒了。夢醒燒退，費文回到久違的人間繼續長大，繼續尿床。

最後一次尿床是一九八六年十一月十二日，國父誕辰，費文牢牢記得。清晨五點半在詠琳住處及時驚醒，雖沒弄溼地毯但內褲牛仔褲都完了。她貓身而起無聲無息像專業間諜，逐一跨過地上橫陳的賈仙椒椒阿寶愛瑪等人，甚至踩到一枚堅硬涼冷的東西，赫然是前晚眾人遍尋不著的麻將牌九條。摸黑進廁所把膀胱裡的餘尿排光，接下來卻不知怎麼辦了。沒褲子換。費文用衛生紙盡量將褲子吸乾，出來點菸在陽臺上抽。媽的十一月清晨居然已經這麼冷，她站也不是動也不是，冷褲子冷屁股搞得人嗆極，索性扔了菸想乾脆回去算了，不料摩托車鑰匙卻不曉得塞到哪，連皮夾都不見了。很好，她喃喃自語，真是太好了，這下連坐計程車的錢都沒！

正惱著，費文突瞥見屋角有光閃動，定睛細看原來是玻璃杯。屋角地板上坐了個人捧著玻璃杯在喝水——不是潔西是誰？黑黑一團影子，披頭散髮鬼一樣。

「你幹嘛？鬼鬼祟祟不講話！」費文沒好氣。

「你才鬼鬼祟祟！幹什麼半夜不睡覺？」

「尿騷味，聞到沒？」費文不知發什麼神經脫口而出：「本人尿床了。」

「噢——」潔西動都不動，「然後呢？」

「然後我沒褲子換啦小姐！」

「不早講！」潔西起身把杯子遞給她，進去拿褲子給她換。費文在浴室端詳那灰藍色綴滿小星星圖案蕾絲鑲邊的好小好小一條三角褲，簡直懷疑它夠不夠裹住半個屁股。她小心翼翼怕失手扯壞了，穿好後才發現這種內褲可不能小覷。「原來潔西穿這種內褲……」她想像著，然而實在無從想起——彼時她們之間啥事都還沒發生。

從浴室出來，潔西審視她幾秒後哈哈大笑：「怎麼那麼短！」指她身上那條嫩桔色運動褲。費文低頭，可不是！褲腳才蓋到她小腿肚。

「欸，」潔西湊過來，用食指頂她屁股，「會不會太小？」說著作勢要拉她褲腰。

「幹嘛啊你！」費文一閃，本來就很不習慣那麼小一條內褲箍在肚臍下要掉不掉的露出大半個肚子涼颼颼，這下內憂更兼外患了。她提提內外褲腰，離潔西三丈遠。

潔西要她一起散步去買早點，路上費文心一橫，索性把自己的尿床史包括她老娘走前一夜所有細節全告訴這女人。潔西似聽得心不在焉，費文則因為從不曾跟人講過這事而結巴頻頻。兩人直視前頭都不看對方，走著走著一輛摩托車呼嘯而來，費文警覺待要拉外側的潔西，不料潔西已遭車子擋風板掃倒在地。

「幹你娘！」這女人迅即爬起來破口大罵，中氣之足節奏之漂亮，令方圓百公尺之內的路人都投以讚賞目光，「騎那快要返去做孝男是勿！」潔西怒氣未消，抓了一把石子亂扔，車子早在一公里外了。費文要潔西先回去擦藥，一方面因為傷口又是沙又是血看起來頗恐怖，一方面，她已經感到這女人是大麻煩。但潔西不肯，「一下下就到了嘛！」居然還跟她撒嬌。

走到十字路口遇上黃燈，潔西箭步往前衝：「快點費文我們來賽跑！」費文還沒決定要不要跟進，紅燈便亮了。她站在這頭看潔西九死一生殺過重圍抵達彼岸，接下來幾十秒，兩人中間隔著一條四線道，簡直就像在人潮裡失散的亂世情鴛。費文看對街那個梳兩條辮子趿紅拖鞋矮矮的女孩，晨光斜罩住她頭臉落在她腳邊成一團無辜的淡影，她無辜地往費文這邊笑——費文很清醒曉得潔西沒戴眼鏡出來所以根本看不清楚她，所以，那無辜的笑容大約跟對空氣笑差不多吧，然而她已經來不及阻止自己也跟她笑，「Good girl，潔西……」她在這岸喚她，很慶幸潔西完全不可能聽到。

Good girl，潔西……

「太陽下山明朝依舊爬上來，我的青春小鳥一樣不回來……」潔西最愛唱這歌。太陽下山嘍，快點來做愛，潔西小姐的口頭禪，費文謹記之。澄澈雙瞳唇紅齒白，瓷娃娃一樣思無邪，毒之極品看來最最無瑕可口，費文恨自己鬼迷心竅不自量力。

青春的目的在做愛，潔西說，多多益善有益身心健康，做愛過程是真和善的終點，性高潮是美的極致——瞧，許多年前潔西便早以血肉之軀在實驗著 Return to Innocence，從來不掩藏她的性慾。

可惜費文的做愛總紀錄是零，她的性之慾力從未啟動過，也許她真的有病，而且還病得不輕。

「噢，可憐的費文……」潔西好心疼說過，言下似頗有普渡她之意。然而她們最大的關鍵不在這裡，在於「見不得人」。無法光天化日當街親嘴也就罷了，眾同志面前，她們仍得悄無聲息，作戲假裝。費文之輕色重友，初始乃媚德不願跟詠琳直接衝突，孰料走到最後卻只有死路一條。潔西最念茲在茲不能釋懷的就是這個，即使多年前她跟詠琳分手後，到今天，為費文之故，她一直沒有回到她們共同所屬的這個圈子。

「貓發情的時候叫得多大聲你聽過吧？」潔西的話她沒忘記：「聖人費麗文，我會歌頌你的！」

「可是詠琳真的愛你啊……」費文居然還能背她的四維八德。

潔西長嘆一口氣，「唉！乖孩子，你——去——死——吧——！」

……死，那麼容易？昨晚潔西在電話那頭說。

「我大概快死了，潔西。」費文送走椒椒之後與她通過話。

「真的？」潔西笑，「是癌症還是什麼？」繼續笑，「出車禍啦？你這種人就算出車禍也是撞死人家。」笑畢停了一下，「喂，椒椒要殺你啊？」

「我——有——白——頭——髮——啦！」費文呼救。

「白頭髮？」潔西笑得更大聲，「大驚小怪！你不會拔啊？不然染嘛，剃光頭也可以。我連陰毛都白了好幾根你信不信？死要那麼容易，那我明天就陪你去跳樓……」

還跳樓咧，費文筋疲力竭只剩一息尚存，連跳樓的力氣都沒了。

4

可疑的日光不知何時悄悄滲侵，洞穴即將不保矣。費文翻箱倒櫃找出一條深色厚床單，窗口再補上一層。床單立成半面花牆，往事歷歷重現。

粗棉平織布摸起來疙疙瘩瘩好像還雜有棉花籽，足以砥肌礪膚，潔西說的，類土壤質感。褐土上開滿碗大紅花，花芯瓣緣靛青漸層描金線，花間有肥碩莖葉濃綠得發黑。潔西穿梭在花叢裡向她吟笑招手，明眸皓齒冰肌玉膚。來！費文，來潔西這裡——她鬼迷了心竅勇往直前……

潔西的床單，費文匍匐在這床單上第一次跟潔西親嘴，潔西髮叢衣襟裡裡外外花海洶湧，她迷航似的怎麼轉也轉不出來。甜沁滋味是花蜜是瓊漿，費文虔心俯首，一時貪念大起欲罷不能，待清醒過來才知道完了，潔西的唇牢牢貼在她唇上。花蜜瓊漿，毒液之偽裝，而且愈甜愈毒。她盲目吸吮自尋死路——就算沒死也不完全了，恨這個東西已足可廢盡她武功。

恨，是的，那種她一輩子都不要沾到的恨啊，她躲避它像躲避瘟疫，不能不行不可以恨，她退無可退，終至連愛都棄她而去。沒有愛便沒有恨，套用潔西的邏輯，無光亦無暗，無愛亦無恨，沒有肉慾就沒有靈魂。沒有靈魂的人能用靈魂去愛誰呢？這樣的邏輯繞來繞去幾乎要把她搞瘋，椒椒的話言猶在耳：「你是真不知道還是裝糊塗？她跟她們都上過了，每一個，都．上．過．了！」

是嗎？都上過了？她不相信。

但椒椒具有值得信任的品德，費文相信。她幫費文守住潔西這段祕史多年，她們頭一回在牌桌下發生的姦情她就是目擊證人。然而椒椒答應費文不說，便半個字也不曾多問或者洩漏。

直到那麼一天，椒椒從一個替她守密的朋友變成情人。

費文完全沒有料到自己會栽倒在這裡——作風超辣的椒椒開始端出一盤盤草莓鮮奶油蛋糕，令胃酸過多的費文日甚一日恐懼甜食。但胃酸尚不致令她疼痛，她痛的是椒椒挖掘出她以為自己已經痊癒了的恨——潔西跟她們都上過了，每一個，都．上．過．了——熒熒恨火燒紅她的眼睛。

椒椒是逼不得已，費文知道。

然而這不得已的一刀多麼血淋淋啊！費文屈膝盤腿坐在地板上，兩手來回摳著腳趾頭，目光渙散。她體內有個東西在急遽膨脹，耳邊有個聲音說：快點快點不然你會來不及……來不及又何妨呢？費文自問，伸頭一刀，縮頭也是一刀。恨的致命速度她比誰都清楚，遠在母體裡頭，遠在胚胎時期她就註定感染了這玩意兒，能活到現在已經算命大了。

她移動坐麻的雙腿站起來，到浴室放了滿滿一缸水把自己泡進去。熱水轉溫，溫水變冷，起來放掉冷水再接熱水，如此循環重複一遍又一遍。浴室中霧氣瀰漫，引費文來到迷離幻境，她站在一處洞穴，洞中陰黯霉溼充塞著嗆鼻藥草味，沿著洞壁，三百六十五度環繞整圈玻璃缸，缸中注滿螢黃液體，浸泡著一具具標本。一具具頭尾蜷曲、表皮起皺泛白或泛青或泛紫的標本。人體的標本。閉眼的人。死了的人。小小的人。很小很小，像人又像某種她所不認得的獸雛。

那是一具具夭折後做為標本的嬰屍。有些五官畸形不齊全，有些四肢畸形不齊全。每個小人肚腹都連著臍帶，臍帶纏繞小人的頸脖手腳胸腹。

她發現其中幾具小人毫無瑕疵，五官手腳皆完整，她納悶著，眨眼一片螢黃世界，這才赫然發現自己正是缸裡其中一名小人，而站在缸外那個既是大人的她又是她老娘。她在冰冷侵骨的螢黃藥水中載浮載沉，老娘默默注視小人費文許久，然後轉身朝洞口走。小人費文大叫：「媽呀我還沒夭折啊……」老娘已消失無蹤，只剩下大人費文龐然的影子貼在石壁上發抖。

5

冷啊！真他媽的冷！一對神經病，她跟她三哥，十一月底寒流來襲那天，居然跑去見他們老娘。

……阿桂，囝仔來看你了……那個當初偕老娘私奔的人向「顯妣費氏許桂」的墓碑介紹他們兄妹倆，費文瞄墓碑左下側幾個字：孝男正文明文鴻文泣首。拜託他們誰來「泣首」過了？要捏造何不捏造到底，連麗文名字一併列上？她倒寧願墓碑上頭刻的是「愛人某某某立」——如果這個陳仔夠膽識的話。也許，老娘跟陳仔終究還是害怕到了陰曹地府無容身之地吧。費文撇了一下嘴角，臉上的冷笑還來不及成形就遭寒風吹散。

老娘一直跟陳仔一起，東搬西搬大概全臺灣都跑遍了，早老爸兩年掛，之前洗腎洗了好幾年。路上她三哥大致向她交代，「臺中有個叫新社的地方聽過吧？陳仔開雜貨店兼檳榔攤，老娘就埋在種苗場附近……」費文完全不和道她三哥何時開始萬里尋母的，就像他何時成為她的同路人她完全不知道——沒錯，一門雙傑，她三哥是GAY，是那種邋里邋遢、小平頭落腮鬍、走在街上外人很難鑑定得出來的那種GAY。她只知道他跟他那個叫小龍的Lover已經五年了，他們零一不分，不過三哥做零多些，偶爾打打野食彼此心照不宣，但因AIDS的關係近來他們都很三貞九烈。既是兄妹又是同志親上加親，不過他們其實不大談這個，可能做兄妹還是比做同志習慣吧。

三哥的事老爸不瞭，費文則在若干年前正式遭老爸掃地出門。「賤！」他啐她：「賤種！」好像費文的品種跟他毫無瓜葛，又好像，費文的Tomboy養成過程他沒有一點功勞。熒熒恨火燒紅了他的眼睛，逼得他手刃骨肉大義滅親。

但也都過去了，他嚥氣前幾天費文最後一次去看他，他已經沒力氣咒她也沒力氣趕她走，重病老人兩眼凹陷彷彿已無視覺，一點點微弱紅光偶爾偶爾晃動那麼一下，也完全是另外的恨法，恨的對象已經不是人了。費文幫他擦澡換尿片，他瞪著天花板任她擺佈，皺巴巴皮包骨的身子，皺巴巴萎萎一截陽具，比她大哥那個剛滿週歲的兒子一吉先生的小雞雞大不了多少。「老爸，」那天費文忍不住對他說：「人生海海啊啦！」明知他根本不瞭臺語。他過世後費文回老家清東西，發現幾張破爛照片推斷應是老娘，拿給她大哥，她大哥說如果她跟老三都不要就扔了吧，費文也沒問她三哥，全扔了。

「老大曉不曉得？」她從夾克口袋掏菸出來，遞給她三哥一根。

三哥搖頭。也好，費文想，老娘離家的時候老大十二歲，如果他存心要忘的話，肯定比她跟老三吃力而且徹底。

……阿桂，囝仔來看你了……

雖然早有心理準備，但站在蕭瑟山頭祭老母還是讓費文有點手足無措。她努力拼湊老娘形貌，完全空白，而且是像眼前這片即將凋盡的菅芒花一樣稀稀落落的白。

……阿桂，這是鴻文啦，這是麗文，你看，這大漢了……陳仔遞給他們一人三炷香，煙薰得費文拚命眨眼睛——她突然很怕陳仔誤會她在哭。不料她三哥這時候也吸了吸鼻子，頃刻間，兄妹兩人似冰棍凍在原地，各自或左或右以四十五度角把臉轉開不看對方，這時候看不得，彼此的表情彼此都陌生。

……阿桂，你要保庇這幾個囝仔，乎尹身體康健，頭路成功……陳仔凝神默禱，費文突然嗅見一股膠香想起她老爸，忍不住瞄了一眼陳仔頭髮，果然油光水滑。嗯，沒錯，林森美髮蠟的味道。不知老娘跟陳仔一起這十幾年，是否曾有一兩次因為林森美髮蠟而想到他們老爸？或者，因而想起他們兄妹幾個？她快樂嗎？她幸福嗎？費文忽想起椒椒寫的一首歌叫

「面具」，講隱身在賢妻良母群中的女同性戀，本想給他們公司那個小仙女唱的，結果當然沒有下文。其實，椒椒說，小仙女辛西亞她就是Lesbian，她那個搞地下音樂的湯包女朋友他們公司誰沒看過？最後椒椒在小仙女那支講童年的第二波主打MTV裡偷渡了三秒半鏡頭，讓一群小女孩戴著面具手牽手跳木樁，背光強反差加濾光鏡廣角拍攝，詭異的粉紅色童貞踐踏一根根枯萎無助的陽具。

她在撒謊啦啦啦，她在騙你騙你啦啦啦，笑的面具，哭的面具，漂亮的面具，你還是不知道，她到底愛不愛你……

照理說應該動容的——眼前不正是則淒美壯觀的同志愛史嗎？陳仔跟老娘，不錯，陳仔是女的是老Tomboy真正老Uncle，當年勾搭老娘相偕款了包袱離鄉私奔，令他們老爸可恥可恨到死都參不透。拋夫棄子的老娘啊，費文實在不曉得該拍案叫好還是捶胸頓足，同志，同志，許桂同志，陳月珠同志，除了同志，其餘跟她費麗文毫無瓜葛——是這樣的吧？費文努力向自己客觀陳述，努力小心提醒自己，不做母女，做同志也算夠了吧？心裡滋味無以名狀。

在陳仔家吃飯，蔭豉蚵滷大腸涼拌地瓜葉香菇雞湯，費文認出有好幾樣是陳仔攜到老娘墳前祭過的，她說這些都是老娘愛吃的菜。陳仔人雖不起眼菜倒做得挺起眼，費文胃口甚佳，連扒了兩大碗飯。吃飯時陳仔不時拋來探測的目光，費文發狠做足男相要陳仔開眼界，她三哥趁隙K她幾眼，大意是說，老么你他媽飆夠沒有？

老湯包陳月珠，拐走老娘的陳月珠，凸肚粗手短腿，小眼睛小鼻子，一口黃板牙積滿菸垢檳榔漬，連帥字都沾不上邊的陳月珠，這麼不稱頭的陳月珠……哇操！費文咬牙切齒往嘴裡塞一把地瓜葉，沒料到菜裡暗崁了好大一顆生大蒜，辣得她差點掉眼淚。

飯後無事可做，只好又掏菸出來，三管菸齊燃，屋內白茫茫一片，放乾冰似的。陳仔抽菸嚼檳榔看電視不講話，燒水泡茶不講話，費文跟她三哥各自努力定坐窄小的藤椅裡，怕不慎弄出什麼聲響嚇到自己。她三哥挺高有一八二，費文一六七，大個子的共通悲情莫過於此——進退不得。費文像灌氣一樣把菸大口大口灌進肺裡聊以取暖，傾所有意志力在控制自己不發抖。媽的什麼鳥地方這麼冷？起碼比臺北低了五度哇操！

再坐一會就走人吧，費文向她三哥示意。她三哥清清喉嚨，「正文在賣滷肉飯——」沒頭沒腦冒出一句，陳仔啊一聲表示沒聽清楚，費文乾脆接過來講。

他們兄弟幾個一直很親，她說。算是開場白。

老大正文當兵前混過一陣子，不過似乎不大尾，因為除了一把小扁鑽從沒見他有過什麼像樣裝備。大概真的沒搞頭，所以他當兵回來就「退出江湖」了，幹了一陣子推銷員，最恐怖是賣快鍋，那時她曾認真替正文想過，幹兄弟的時候沒死在開山刀之下，要是現在反而被快鍋炸死那就糗大了。後來他陸續賣過瓷磚馬桶ＯＡ家具等等，前幾年做保全，結婚以後他丈人無期無息貸款給他頂了間店面，唯一條件就是戒賭。開張前三天，老丈人送了大禮來，九包祖傳配料祕方，一鍋九年老滷湯，勉勵他生意做得久久長長。如今費正文先生已經老老實實賣了五年的豬腳跟滷肉飯，最大原因乃忌憚他丈人——這老傢伙據說真的混過的，在他們雲林老家還頗有勢力。費文見過他剁豬腳，七十幾歲乾乾扁扁一個老頭，袖子一捲露出兩條青龍張牙舞爪，剁起豬腳之快之準之狠！

費文一口氣洋洋灑灑，不容陳仔有插嘴餘地，陳仔忙著遞菸倒茶吐檳榔汁，兩腿抖來抖去，右腳抖乏了換左腳，太專心的緣故。

老二明文國三那年死的，肝病。費文盡量把聲音放平靜不帶任何情緒，怕她老娘萬一躲在什麼地方偷聽突然跳出來抓狂。要不是碰上九年國教，說不定早在五、六年級就被操死了，「聯考害的，K書K壞了。」馬上交出罪魁禍首，反正也不算栽贓。

嗯，反應不錯，費文心想，連自己都意外哪來的本事睜眼說這堆瞎話。或許她潛意識裡早已將這段歷史竄改得倒背如流？天曉得，反正得瞞，就算老娘在場也不一定要講——是老三最先發現老二不對勁的，有回他看見老二在「吃」新樂園，真的是吃，整管菸草放嘴裡嚼，像嚼英倫心心口香糖。再來他喝派克墨水，喝得嘖嘖有聲像在喝豆漿。他吃香皂，那種用網袋裝成一串的橙色檸檬香皂，他吃起來比吃森永牛奶糖還香。他吃橡皮筋，吃報紙，吃煤炭，吃火柴棒三馬軟膏綠油精，也吃圖釘水彩刀片橡皮擦……無所不吃，他的胃液像硫酸，吃什麼都溶解得掉不會死。

最後老爸決定綁他，是因為他開始挖大便來吃。

那幾年他們過得挺慘，老爸標會借錢搞了七八臺機器織毛衣，訂單還不見蹤影，一堆歐巴桑嘰嘰喳喳就來上工。機器整天喀拉喀拉響，老爸的錢像水一樣嘩啦嘩啦流。老二差不多就是那時候開始瘋的。

後來歐巴桑不來了，他們家這兒那兒到處一座座毛線山，成品半成品，多數不是缺袖子少領子就是短半截，一堆賣不出去的殘障毛衣。比毛衣更多的是毛線，五顏六色粗細不一的開司米龍一綑綑，哪裡有縫隙就往哪裡塞，最後蔓延到費文床鋪，大熱天悶得她渾身都是痱子。

機器脫不了手，她老爸只好打起精神自己上陣一塊塊補綴霓裳碎夢，暫時做好一件是一件，再拿去菜場擺地攤換點柴米油鹽回來。也就是那天夜裡，費文又尿床了，起來聽見老爸還在忙著喀拉喀拉響，她換好褲子床單，順便想繞到客廳看看。

喀拉聲停了，老爸不知道在跟誰講話。

「走吧，你去吧！」她老爸說。

費文站在漆黑的廚房裡，看到老爸解開她二哥身上的麻繩，將他從椅子上拉起來。

「走吧，你去吧！」老爸拉著二哥穿過院子，打開大門把他推出去，然後轉身關門，動作流暢毫不猶豫。

費文看見老爸眼睛泛著熒熒紅光，不知怎的她馬上就明白了那是恨，是那種她一輩子都不要沾到的恨。她速速逃回房，卸下紗窗，把床上所有開司米龍全部往外扔。然後躺下來，一覺到天明。

第二天她才發現夜裡下了場大雨，那些開司米龍毛線全部泡湯了。老爸拿藤條抽她，罰她跪一個鐘頭外加一天不准吃飯。她心甘情願付出代價（說不定還笑了），因為已很久沒有睡得如此香甜飽足。

第三天，她二哥的浮屍出現在五公里外一池廢棄魚塘，老大帶她跟老三去認屍。她二哥腫脹得有兩倍大，嘴巴開開像跟他們打招呼。老大哭了，她跟老三卻一點也沒掉眼淚的意思。

孤獨的旅程，與恨搏鬥的旅程，從這裡開始。

6

「魔鏡，魔鏡……誰是世界上最該死的人？」

費文走到鏡子前站定，另一個費文冷眼旁觀。

橢圓形長鏡，若干年前小青跟阿寶還在一起時送她的生日禮物。小青說，費文拜託你出門前照照鏡子，不要老那麼邋遢。才不邋遢，椒椒說，這就是她的風格……費文沒意見，她對那面鏡子、對小青和椒椒的話都沒意見，然而潔西有意見，她說那麼大一面鏡子叫人神經緊張，「老覺得你屋裡憑空多出一堆『東西』，鬼影幢幢！」潔西把她做衣服剩的碎布頭拼縫成一大塊簾子蓋住，長鏡也就從此隱姓埋名了這些年。

其實當初這簾子一罩，才真是鬼影幢幢讓費文神經緊張。哪，中間那塊栗色麻，潔西衣袖颯颯有風穿過手腕那只晶白玉鐲，麻粗玉冷，費文的手心指腹還記得這觸覺……上面那方湖綠，沒錯，就是潔西那條紗帳似的大蓬裙，某年聖誕夜橫掃林森北路黛安娜舞池……下面這片年代更早，那是潔西一度鍾愛的水藍冰紋露背裝，某年夏天眾人從圓山動物園越基隆河走到天文臺再殺往士林夜市，午后悶雷隆隆如戰鼓，眾女將們鬥志昂揚，費文走在隊伍末端，一路赤膽忠心追隨水藍冰紋如追隨女皇的旗幟……

往事歷歷在目，佳人巧笑倩兮鬼影幢幢。塊布寸縷已足夠測她膽量了，她怕潔西，沒錯，但以毒攻毒總有練成金剛不壞身的一天。尤其這兩年來，潔西生下芽芽又離婚以後面貌丕變，這些碎布頭反倒成了可貴的考古標本，讓費文藉以勾勒過去的潔西——曾經湖綠冰藍姹紫嫣紅的潔西，曾經柔軟垂墜絲光紡雪的潔西……現在潔西削短髮剃細眉，穿衣非黑即白，生產後甲狀腺出了問題不胖反瘦，瘦骨嶙峋臉色青白的潔西雖仍擅放毒，不過更像個吸血鬼。

冷眼旁觀的費文嘆了口氣，另外那個費文則伸手將鏡子上那塊拼布拉了下來。生平頭一遭，費文看見了赤裸裸的自己。

鏡子裡的女體居然令她感到好陌生。「嗨！你好！」她跟她打招呼。她湊近她，仔細觸摸她的臉，她看到她這裡有一顆痣，那裡有一塊斑。她輕輕拂過她頸子上的細紋，手指隨著她鎖骨的坡度起伏，上坡，下滑⋯⋯她檢視她胸前兩小球圓圓鼓起、名之曰乳房的東西，她的手繞過乳暈乳頭，發現右邊乳暈有四根毛，左邊有三根。她一節一節爬過她的肋骨，抵達肚腹。她滑過她內凹的腰線，凸出的骨盆。她梳理她肚臍下方、兩腿會合處一叢鬈曲的黑褐色體毛，體毛所覆蓋的，當然，她曉得，是陰唇陰核陰道。就常識上而言她也了解，在費麗文的肚皮底下、骨盆腔裡面，有兩個卵巢和一個子宮。

她找出小鏡子與穿衣鏡對照，看費麗文的左側臉、右側臉，連耳窩都沒放過。她檢查她的背，在她背上找到三顆痣和兩顆黑頭粉刺。她再檢查她的胳肢窩、肚臍、肛門……。越看頭皮越涼。關於費麗文，她了解多少？這副肉體，這副已跟她相處了三十幾年的肉體，居然他媽的這樣隔閡這樣陌生。

多麼悲哀，冷眼旁觀的費文幾幾乎要落下淚來。疏於照料三十三年，費麗文就算立時萎掉也怨不得誰。能不萎嗎？頭頂已冒出數莖白髮，已經連續做了七七四十九夜的相同噩夢無法好睡，她一再夢見白髮銀絲三千丈將她密密纏縛成一具木乃伊。誰都知道她怕黑，她睡覺要點十二盞一百瓦燈泡並不是新聞，陰天她最羸弱，雨天她最憔悴，日光是她的活命仙丹——然而她今天居然將日光阻絕在斗室之外，如困獸於洞穴中垂首踱步……

差不多是時候了。

血液自下體大量釋出，白髮自頂上源源滋生。

還長命百歲呢！十一月底過生日的時候，潔西在她脖子上繫紅線繩，繩墜「長命百歲」金鎖片。費文簡直懷疑自己跟芽芽一樣是個吸奶嘴兜尿片的小鬼，還來不及長大長熟就萎掉的小鬼。

那晚潔西為她準備了她所鍾愛的 CHIVAS，而且是二十一年分的 Royal Salute。費文一個人就幹掉半瓶，末了兩杯是 on the rock，加了冰塊的，但還是醉得一塌糊塗。

半夜潔西搖醒她，「來洗澡！」

費文本能抓了摩托車鑰匙就想逃，卻顛顛倒倒一路被潔西推進浴室。蓮蓬頭瀉下千萬條水柱敲得瓷磚地震耳欲聾，她的衣服褲子溼答答貼在身上，潔西幫她解釦子，她舉手擋開。「幹嘛？我手有毒啊？」沒錯是有毒……費文全力集中心神想開口，怔忡間已被潔西剝得只剩汗衫內褲。她猛然警醒退到牆邊，潔西朝她逼近，她緊貼牆壁無處可逃。然而潔西卻只是過來抱住她，兩手安靜扣在她背後。費文放鬆警戒張臂擁住她，嘩啦啦的水瀑織成網裹住她們，鑽過來又穿過去的水是小魚透明魚。

終究費文的澡沒洗成，到潔西房裡找了衣服穿上，回來靠在浴室門口跟她聊天。

「有餅乾欸，昨天烤的，要不要吃？」潔西一把揪乾溼淋淋的頭髮轉頭問她。

「留給芽芽吃吧，我不吃。」

「這禮拜芽不來，跟她阿嬤去日本。」

「吳志鵬呢？什麼時候結婚？」

「下個月。」

「芽芽跟你？還是跟他？」

「拜託！跟我她就衰了，我也衰。」

費文看一眼潔西骨稜稜的背，吸一口氣下定決心。「欸，你多久沒做愛了？」

「嗄？」潔西看她。

「我問你，多久沒做愛了。」

「關你屁事？」

兩人沉默只餘水聲。費文看潔西半晌不講話，回客廳坐在地板上打俄羅斯方塊。

她聽見潔西到後陽臺關瓦斯的聲音，聽見她吹頭髮開關衣櫥洗碗盤收垃圾的聲音。方塊從天而降，凸的凹的橫的直的，下冰雹般擲地有聲，敲得費文腦袋咚咚響。前滾翻，後滾翻，左轉右轉，騰空落下成一列，刷——自地平線消失。消失之必要，空白之必要，節制之必要……費文突然嗅到咖啡香，潔西不知何時已坐在她身後。

俄羅斯方塊都打到最後一關了還遊刃有餘，費文住手，無聊斃了。

「死啦？」潔西問她。

「就是死不了，有夠煩！」

「換別的嘛，一直打這個，打幾百年了也不膩。」

費文突又嗅到別的氣味，低頭聞了聞自己，「這衣服有你的味道。」

「廢話！我衣服當然有我味道。」

「狐臭味。」費文逗她，其實是想逗自己。她緊張。

「你才有狐臭！」潔西踢她一腳。

費文調勻呼吸往後靠，順便捉過潔西的腳丫來玩。其實潔西並不怕癢，但每次都會假裝很癢的樣子呀呀亂叫陪費文玩。現在卻沒動靜。費文扳扳她腳趾頭，又摳摳她腳底，她仍一動不動不知在想什麼。費文放下她的腳丫，手都涼了。

「你剛剛問我多久沒做愛——」聲音幽幽傳來。

「隨便問的，」費文急了：「你不用講，真的。」

「上禮拜……」潔西逕自往下說：「跟一個男同事——」三言兩語石破天驚，躲都來不及，「前幾天跟阿寶，昨天跟王詠琳……」

費文頭骨遭落石擊碎成一片片。

「還有賈仙——」潔西繼續說：「他們三個都跟我做過，從以前到現在。」

哇——操！

費文努力拼湊碎裂的頭骨，什麼念頭都沒有只除了痛，好痛，渾身上下無一處不痛。果然如此？果然到頭來真正的外人就是她？太陽下山了，大家來做愛，那個大同世界愛情烏托邦不獨是潔西一個人的，她們聯手創造了它，創造了那奇異壯觀的生物鏈。而她落單了。

「洪美華呢？馮端如呢？小青愛瑪椒椒曼卿還有哪個漏掉的？是不是

連蓋子蓋書婷都有份？」費文嗓子尖了起來。

「拜託！」

「芽芽真是吳志鵬的種啊？」費文冷笑，殺戒既開就殺到底吧，人不怕我死我還怕他沒命？

「不知道耶，」潔西還手：「說不定也不是我的種，根本抱錯了！」

「噢，那真糟糕。」

「是啊，真糟糕。」

費文抬起地上的電玩調到最後一關，低頭再打。速度之必要，空間之必要，節制之必要……凹的凸的方塊不是方塊紛紛而出，三角形圓形梯形多角形點和線漫天飛舞……費文眼花撩亂，亂了亂了，整個整個都亂了，她眼冒金星兩耳嗡嗡作響——幹你娘這要怎麼玩啊？

「……每一個，都・上・過・了……」費文回味過來，原來她們不是一雙雙在白頭偕老，而是一群！真相大白，同志們早已串聯而她絲毫未曾察覺，當大夥紛紛交換著回春丹大補丸，唯獨她，還在這兒顧影自憐。真是連捶胸頓足都可以省了，多麼不甘心——就這樣？玩完了？

「Come on！不爽就不要玩嘛！」潔西拿走她手上的電玩，「去睡覺好不好？明天還要上班……」說著拉她起來。

費文兩條腿突然癱掉一樣無處著力，快倒下的一剎那她攀住潔西如同攀住一截樹。潔西晃了一下，隨即接過費文拋來的重量想穩住她。可是穩不住啦，費文順勢下滑，手掌滑過潔西肩胛和背，接著膝蓋一軟，跪了下去。潔西被她順勢一帶撲倒在她身上，費文攫住潔西，吻她。她吻她的額頭眼睛鼻子嘴唇下巴，狠狠啃囓她的脖子。突然她嚐到一股鹹味，溫溼似血。她溯源而上，原來——她的眼睛——原來潔西竟，竟哭了嗎？她俯首舔舐，沒錯是眼淚。

她從來沒見過她哭，她自己從有記憶以來也沒哭過。久違了啊，眼淚的味道，多感人的一刻，該哭的不是嗎？南海鮫人有淚，淚成粒粒珍珠……費文眨巴著乾涸雙眼，到底擠不出一粒珍珠。同性戀路上十餘載，比起眾同志們，她費麗文完全是布袋戲裡頭的祕雕而不是史豔文，連苦海女神龍都不是。

費文掀開潔西衣服想向她借點體溫。她揉搓她的背，她的乳，揉搓她這些年來瘦得硬得竹節似的手臂。即使如此我依然愛你如昔，他媽的潔西……費文軟弱的腦袋往下垂，再垂……終於埋入潔西兩腿間。十數年來頭一遭，她親吻了這裡，這個她完全陌生的所在。她的手指像學步小兒跌跌撞撞，一步兩步，前尋後覓，陌生的國度深邃的迷宮層層疊疊，怎麼也走不進去。

也許應該問潔西要一份DIY手冊或地圖吧？費文跌坐在地，眾神垂憐，她現在才明白潔西瘦得多厲害——這女人已經瘦到連屁股連下體都沒肉了，恥骨稜稜彷彿還敲得出聲。該心痛的，枯魚臨河泣，何時悔復及？原來原來原來，枯掉萎掉的不只她費麗文一個人而已。

7

「去吧，你走吧……」有人在費文耳邊低語，不是一個人，而是一群人，她老爸老娘她哥，蓋子椒椒詠琳阿寶……每一個她認識的人。她看見自己正在大把大把的呑圖釘喝墨水，又拿肥皂煤炭橡皮筋往嘴裡塞。「去吧，你走吧！」——她一輩子都不要沾到的那種恨啊，她一點都不要像她老爸老娘她大哥二哥三哥，她誰都不要像。她甚至也不要「像」一個Tomboy。

她沒膽她無能她有病，她們說的統統都對，大家都在做愛只有她沒有，沒有做愛的人，沒有性的同性戀者，這就是她的罪。

待罪之身還有什麼話好說？不就立時拉出去斬了嗎？費文站在三十三歲的開端，看到衰老同時看到了死亡。就算她不死，就算她可以活到三十九歲、四十九歲甚至五十九歲，就算她有了N加N根白髮，就算她可以像潔西說的拔掉白髮或者染紅染綠，然而屆時那傴背垂肩的鬆垮身架、那些老人斑那些皺紋……也許……也許將來她不穿牛仔褲了，可以改穿寬罩衫以及大直筒棉麻長褲，說不定還能營造出一種頗富禪機的格局；她也可以終年一頂帽子一副墨鏡，說不定還會酷得頗為神祕。只要——只要什麼？只要老而不死嗎？隨身攜帶著一顆被恨吸乾吸空的心，即使老而不死又能去哪裡？

哀傷，這樣的哀傷。

哀傷令人冷靜，因為冷靜，終於感覺到肉體的寒冷。她渾身雞皮疙瘩趕緊抓了衣服穿上，仍覺得冷。再搜出春天時為上黃山而買的飛狼羽絨夾克，套上毛襪，給自己倒了一杯 Wild Turkey。

好一會兒，仍然暖不過來，費文只好在夾克裡加了一件毛衣，裹上圍巾，再戴上帽子跟手套。所有最禦寒的衣物都在身上，她向來不怕冷的，能穿的也只有這些。洞穴內寒氣逼人，她再倒一杯酒，拖了毯子來披著，還是抖個不停。

果然是一點一點的在冷掉僵掉死掉了。費文抖抖一笑，「好，來吧！老子成全你！」

找出紙筆寫遺囑，呆愣半晌不知從何寫起。首先是後事，交給誰來辦？老大豬腳店一年難得幾次公休，再說嫂子也一直跟她保持距離。老三呢，他自己爛攤子一堆。至於潔西，連芽芽都懶得管了還管她這個死人？那麼椒椒？算了她八成又要在喪禮上放 Return to Innocence，再說人家什麼也不欠她，她憑什麼？想來想去，就找詠琳跟賈仙吧，詠琳擅企劃，賈仙擅執行，最重要的是她們兩人都財力雄厚，萬一她自己的錢不夠辦後事，她們掏腰包貼補不成問題。十數年交情，即使不是同志也有同窗死黨之誼，只好算她們倒楣。

一切從簡不需任何宗教儀式——費文忽想起蓋子的遺容，還有不久前在報紙上看到的孔二小姐消息，可憐老湯包一生男裝，死後卻讓人換上旗袍梳包頭（說不定還戴粉紅色珍珠耳環項鍊手鐲），打扮成慈祥老太太模樣，真是情何以堪！——不行，費文想，隨即從衣櫥裡找出最常穿的襯衫長褲，繼續寫道：「一切從簡不需任何宗教儀式，遺體若有更衣之必要，本人已準備好衣褲一套放在枕頭上，請依本人生前之衣著習慣處理，不要畫蛇添足——」

火葬，骨灰視同垃圾處理，往後什麼忌日生日都不必了，不需記得她，眾同志一樣繼續吃喝玩樂一樣繼續建構她們的愛情烏托邦共和國，而她費麗文，就此煙消雲散……

瀕死之鳥，其鳴也哀。費文想到許多一直想做卻已來不及做的事情覺得好不甘心。比方她計畫了許久的尼泊爾還有荷蘭之旅，她甚至已經打聽好加德滿都哪條巷子有老銀舖，哪個攤子有春宮畫，更巴望能看一眼悲情巴洛克大師林布蘭的諸多自畫像。還有，她一直想要抽空練潛水，想學開車，想存夠錢搞麥金塔——現在純手工的版樣完稿越來越難混了。同事老K答應讓給她的Nikon相機FM2 Body並Pentex 85-105mm鏡頭只等她拿了年終獎金就可以一手交錢一手交貨……但現在這些都已不具意義，毫無意義，除了繼續呼吸，一切都毫無意義。此刻她只覺得體內有一球劇毒冰瘤，正在逐漸膨脹蔓延，一點一點的冷死她，她冷得手僵足硬，連握筆的力氣都沒有了。「幹！」費文扔下筆，遺囑到底沒寫完。

捱到夜深人靜，才敢出門到詠琳店口去牽車。路燈月光冷冷飄灑，她以時速九十在夜街奔馳，幾乎繞遍了整個大臺北地區，到眾同志住處各兜一圈算是告別。

黎明前來到潔西公寓樓下，撳了許久對講機，睏倦的男聲傳來：「誰啊？」無言以對，掉頭離去。

三日後費文到出版社去接稿，人整個瘦了一圈，膚色也白了一點，戴著窄邊黑呢帽還有墨鏡手套，在室內也不拿下。往常冬天在辦公室只著襯衫的她，身上卻是厚棉長褲、套頭毛衣跟羽絨夾克。同事吃驚，紛紛探詢。「費麗文你感冒啦？」、「看醫生沒？」、「要多喝水多休息多吃維他命……」費文吃力微笑著點頭或搖頭，啜飲同事端來的苦澀難嚥的熱咖啡。

第四天，腹痛加劇，每隔一個鐘頭吞一顆普拿疼。

第五天，她在窗戶上加一層毯子，把自己桎梏於徹底幽暗的洞穴中，也不點燈，瞇眼趴在地上繪插圖好多賺取一些貨幣辦後事。洞內空氣晦濁，充塞菸氣酒味，她累極時倒在地板睏睡，總睡不沉，才幾十分鐘便被不復記憶的噩夢驚醒。

第六天，費文出門蒐集了滿滿一背包的色情書刊錄影帶。電視螢幕成玻璃缸，特大號的人體曲臂蜷足浮游在她眼前，彷彿隨時都會破缸而出向她撲來。肉色慾流氾濫斗室，卻怎麼也淹不透滿屋子的空洞。

費文撐著嚴重睡眠不足的凹陷眼眶，忽而清晰忽而失焦。黑毛。金毛。無毛。巨乳，巨唇，巨蛋，巨根。女—女，女—男，女—男—女，前後左右上下……音量調到零，反正不需要情節對話只有呻吟，而那樣的呻吟，聽來毋寧更似受傷或重病的獸在哀鳴。無聲的默片令她專心一點，肉的色澤，肉的質地，局部特寫，只剩器官與器官，夠簡單也夠純粹了吧？開始練習自慰。但是神啊——她費麗文長到三十三歲了，居然連自慰的方法都不會。

她一手持鏡子放在兩腿間觀察，另一手跟自己做愛。她依樣畫葫蘆學著螢幕上那個滿頭貴賓狗似鬈髮的女人，笨拙地與自己的肉體對話。許久許久，麻木沒有感覺，只除了一點疼痛，麻木無感覺。她閉上眼睛，據説這需要一點想像。好吧，想像，雖然她實在不擅想像。

想遍了所有能想的，包括電影與小説的畫面，包括詠琳與愛瑪做愛，賈仙與小青做愛，甚至她老爸老娘，還有她大哥與波霸阿霞。仍然麻木無感覺，她乏力進入昏寐。

悠悠醒轉，彷彿睡了一生之久，她看見自己與潔西躺在荊棘叢中，她忽男忽女，潔西忽女忽男。兩頭雌雄同體獸以各種性別組合交歡——女與男，男與女，男與男，女與女——彷彿從開天闢地做到地老天荒，生殖死亡不存在，只剩下性，永恆不滅的性高潮。高潮即真理，信徒虔心俯首膜拜。

恍然大悟啊！這滋味！真與善與美的極致，是的是的潔西，朝聞道，夕死可矣！費文手指撥弄著長睡已久的肉慾，像愛撫乍醒的靈魂。

自此費文分裂成好幾個：男費文，女費文，又男又女，不男不女，女性化的男費文，男性化的女費文……每一個費文都跟自己做愛，一回結束再來一回，好像要把三十幾年來未曾支用的慾力耗洩殆盡。她做得筋疲力竭，做到形容枯槁像個色癆鬼——差不多是鬼了，不吃不喝不睡，臉色灰敗，滿眼血絲似蜘蛛網密布，也許她根本就想用這種方式自殺。

一腳踩進深淵，無法停止不能回頭，只有以重力加速度墜落。除非有人垂給她一根繩子，可惜，她還來不及祈禱一根繩子或研究出製繩的方法就起不來了。渾身發燙，奄奄一息，費文輾轉病中，頂上的青絲終於悉數變白。

第七日，門被撬開，有人找了鎖匠來。

「發什麼神經啊你？」那人破口大罵，一邊踢開地上七零八落的錄影帶、酒瓶、菸蒂、畫筆……再扯下覆在窗口的紙板布簾，刷刷打開四扇窗。日照直竄而入，費文無所遁逃，吃力舉起雙臂抱頭伏臥。光刀凌厲切割斗室，浮塵蓬蓬，彷彿一座看不見的屋樓瞬間遭到無聲摧毀而揚起漫天灰沙。這屋中之樓，她安全的囚籠。費文遭到重擊似的乾咳起來。

腦袋隨咳嗽而劇烈晃動，乍看之下好像罩了一頂白帽子，帽子在光中熠熠生輝，原來那是她的白髮。滿頭的白，徹底的白，連一根烏絲都不剩。她咳得臉發紅，紅顏白髮，看起來還真有點迴光返照的模樣。

那人馬上架起費文送醫院。

費文心想這一去大概出不來了，一路上睜大眼頻頻流連人世，連行道樹都依依不捨。

半個鐘頭後，她看完內科被診治為重感冒，又被推進婦科診療室做內診及超音波掃描。費文完全癱軟無法反抗地任人脫下褲子搬上診療臺，完全來不及有任何尷尬或憤怒的情緒，即使掃描棒塞入陰道中她亦無疼痛，只是感到荒謬，太荒謬了——此生第一次碰觸她下體深處的居然是這一根棒子，而她連它長什麼樣子都沒看清楚。

卵巢囊腫，費文依稀聽到醫生宣布。要生育就先不割，觀察；不生就乾脆割了，以絕後患……暫時不用住院……

返家途中費文終於清醒過來，「要不要割？」那人問她。

費文躊躇著，她從未有過生育的念頭，可以肯定將來也不會有，但是，突然間她跟她的卵巢彷彿已經有了感情，它們在她體內負責盡職工作了這麼多年，對她的意義並非生殖，而是唇齒相依的夥伴。她不願失去它們——如果有別的辦法的話。

「我真的不會掛？」費文想再確定一次。

「不然你希望怎樣？癌啊？」那人沒好氣，「像你這樣搞法，快了。」

費文慘慘一笑，不知悲喜。

第九日，費文經過打針吃藥進食以及睡眠，體力已恢復了大半。這天早晨她醒來，那個送她就醫還照顧了她兩天的人已經徹底消失——離開她的住處，也離開她的記憶。費文大惑，竭力回想卻百分之百想不起那人的長相，甚至想不起這一生中是否曾經結識過、看過那個人，她只嗅到遺留在斗室中的氣味，混合了開斯米毛線的霉味、新樂園菸味、威士忌、血腥、花香、日曬後所蒸發的體味，基調是林森美髮蠟，後段則是女人私處像鐵鏽般的微淡酸酵。部分氣味悠揚似笛音，有的清脆若琴聲，叮叮咚咚，咿呀嗚嗚搭拉……種種氣味組合成樂曲迴盪斗室，穿透毛孔逐漸滲入她體內。

第十日，潔西來看她。

「這給你，」甫進門便塞給費文一只袋子，「保養品，除皺保溼防曬之類的，等會我一樣一樣跟你講。」接著瞅她頭髮，「要不要染？我知道一種染髮劑——」

「不染。」

「嗯，」潔西專注評估她這滿頭銀絲的新造型，「其實也挺好看。」

費文讓潔西看她擬好的遺囑還有那些色情書刊錄影帶，跟她說連日來的種種，包括自慰與春夢。潔西大笑：「你完了！開葷啦！」

潔西在沒隔間的小廚房熬魚湯，費文仔細看她裹著毛衣的背影，這些年潔西瘦了許多，毛衣看上去空空的，更顯出底下那副凌厲的骨架——奇怪費文想到的是凌厲兩個字，她突然發現潔西一直是把線條「撐」在那兒的，不准任何人碰垮它。原來那並非強悍，而是孤單。

費文掏菸點上，吸了兩口無滋味，熄菸踱到潔西背後圈住她的腰。潔西拍拍她的手，仍然聚精會神在爐臺上。幾乎也就是這不到一分鐘的工夫，費文知道自己已經不愛她了。或者說，已經不再愛戀她，那感覺毋寧更像兩個老姊妹——她更願潔西是姊妹而不是情人。

窗外夕陽西沉，鍋裡魚鮮撲鼻，費文搔搔潔西頭髮，髮根白光閃過，她不禁憶起她的話——我連陰毛都白了好幾根你信不信——「你染髮？」

潔西愣了一下，「是啊，懷芽芽的時候突然白了好多，遺傳，我媽也一樣。坐完月子我就開始染了，不染不行，花的，之可怕。所以才剪短嘛。」費文想起從前她那頭長到屁股的毛黃鬈髮，現在的顯然黑了許多，奇怪這麼多年她都沒注意到。

一時無話，費文看潔西洗青菜挑蝦腸，「我來切蔥。」她自告奮勇。

「拜託，這是蒜苗，那才是蔥。」

費文大吃一驚，她完全不知道這兩樣東西長得這麼像。

「有空教我做菜吧。」

「要不要順便教你做愛？」

「好啊，」費文側身在潔西臉頰親一記，「等病好了，跟你們每個人都做一次。」

自小受洗的基督徒潔西小姐，多年前曾在寫給費文的信上提到約翰福音第八章。關於那個行淫的女人，費文記得耶穌說：「你們中間誰是沒有罪的，誰就可以先拿石頭打她。」

〔代跋〕

二十年後，純真的盡頭，會是什麼呢？

顏訥（作家）

「你知道兩個月的胎兒有多大嗎？」女孩們伸出食指與拇指反覆比畫：「醫生說，五公分，有五公分……」

撐過千禧年，世界末日沒有來，我考進女中，距離童素心與鍾沅初次在《聯合報》被讀者認識恰好十年，女校生仍像交換某種祕密結社的暗碼：「五公分……」樓梯間我們交頭接耳，你讀過《童女之舞》嗎？像是以此確認彼此心意，悄悄遞出履歷一般。彼時，高清無碼墮胎影片還是全國女校健康教育課的夢魘（並且基於某種原因，並不曾聽說過男校課堂播放）；不過，關於兩個月胎兒尺寸的傳說，其實並不來自於健康教育課本。《童女之舞》才是我們這一代女孩摸索自己身體、慾望形狀的教科書。鍾沅墮下兩個月胎兒後那個深夜，有許多十六歲的女孩都希望自己可以是童素心，靠她再近一些，緊緊捏住彼此的手，也許痛苦就有被稀釋的可能。

像是熟識到令人心痛的摯交，從九〇年代開始，童素心與鍾沅就活在我們之間，或者說，早早替我們活過一回。即使到四篇小說終於集結成書出版的一九九九年至二〇〇〇年後，臺灣婦女運動風起雲湧，接引國外性別論述，校園女同志團體、刊物串連成立；又，一如曹麗娟回憶，當年尋著〈童女之舞〉剪報上留下的號碼，打電話來謹慎探問童素心在嗎鍾沅在嗎的讀者，逐漸消失了。但是，八〇年代出生，特別是在首都以外成長的我們這一代，對同樣擁有子宮，或者陰莖的身體，第一次感受到渴望，而有了如潮汐拍打浸潤的惶惑與掙扎時，「兩個女生能不能夠做愛？」「有沒有人看到我的同性戀弟弟林永泰？」等等問題仍舊像被拋在一口深井，還有那麼多人埋在裡頭暗無天日地打撈答案，不知道同誰傾訴，亦無支持網攀爬向上，最終成堆成對地溺亡於井底。

於是乎，我們太能理解童素心在介於校園圍牆內外的幾個片刻，為什麼意識到鍾沅生理性別，那樣看似不明就裡的委屈，會突然如晴空中的閃電般撲面而來。痛苦時，我們慶幸自己還有童素心還有鍾沅，提前學習把慾望剪裁到最不容易摧毀彼此的尺寸，創造兩個女生幾乎有辦法僅是陪伴就能一生的情感模式。那樣活著或許比較容易吧？偏偏小說又提早給了我們裁得愈小便脹得愈大，終將爆裂的警醒。

更多時候，我們躲進廁所，摸摸挲挲，偷偷替她們跨過那條努力克制著不越過的身體界線，想著此刻就有了師父愛達的帶領，自己畢竟不會在中年結婚生子後，才驀然成為〈斷裂〉裡的光頭席拉吧。儘管時移世易，爬出深井的年輕女孩們逐漸不再問兩個女生能不能做愛。她們讀著完成於一九九六年的〈關於她的白髮及其他〉，假想如果鍾沅活下來了會如何呢？她有T吧可以混，或許會與同志社群中的每一個人都睡過，男孩子氣但又不想當湯包，活到對著不懂 Rainbow 調酒的年輕小鬼皺眉頭的年紀，目送那些活下來的T與婆，紛紛嫁人去。見過世紀末的享樂與頹廢，才會覺得 Return to Innocence 多動聽。

二十年後再讀《童女之舞》，原以為青春紀事終如春風無痕，但疼痛程度卻比當年更加慘烈，才發現老的不只是自己。死亡與童女之舞為什麼並蒂而開？如今才真正懂得，童素心與鍾沅在開篇其實就已蒼老，什麼都沒經歷卻什麼都經歷過了，鍾沅是注定活不下來的，諭示末篇 Return to Innocence 終究只能是無家而返。二〇二〇年的此刻，性別運動早帶我們探索過更前衛、多元的慾望形式，而社會上更重大的問題已然變成兩個女生能不能結婚？但是，婚姻平權公投之後，許多年輕的生命彷彿又被推回更深更黑的井。世界真的變得更好了嗎？大大的議題不能停止往前推動，但我們還是需要文學，緩一下，再停一下，還有掉隊的靈魂在掙扎，他們還在問，怎麼做，又如何愛？幸好新長起來的一代還能讀到《童女之舞》，多好啊，有這樣小說，溫柔又暴烈地並行。

偷偷說，二〇〇二年曹瑞原導演改編的《童女之舞》就在我讀的花蓮女中開拍。那一年，我高二，入選臨演的那一天我差點興奮到哭了。正式開拍，日光晴朗，我坐在來回駛於七星潭小路的公車後排，遠望蘇慧倫美好的側臉，想到自己竟然出現在最喜歡的小說電視劇中，就忍不住笑出聲來。拍攝至下午，我順從導演指示，走下旋轉樓梯喝水，反覆走了十數次，在想像中的特寫鏡頭奮力詮釋一個大口喝水的，或許與童素心同班也說不定喔的女高中生。公視首映，全家守在電視機前，終於，媽媽問，你到底在哪裡啊？「呃……就是從旋轉樓梯上走下來的那兩條腿啦。」我尷尬地戳戳螢幕，原來都給剪掉了啊。於是那兩條華麗演出，不知道終將只是徒勞的腿，就成為我人生的隱喻了。

二〇一二年讀到《童女之舞》復刻版的訪談，才知道曹麗娟當年竟然也在拍片現場，果然華麗錯過了表白的機會，徒勞啊人生。只是二十年過去，在某個偶遇小說家的場合，也早就失去呆頭呆腦衝上去握住她的手說：「謝謝你，這些故事，真的救過十六歲的我。」如此這般，屬於青春的勇氣。

曹麗娟創作年表

一九八二年發表第一篇小說〈紅顏〉獲聯合報第七屆小說獎。

一九九一年九月發表第二篇小說〈童女之舞〉於《聯合報》，獲聯合報第十三屆文學獎短篇小說首獎。

一九九六年十月發表第三篇小說〈關於她的白髮及其他〉於《聯合文學》，獲聯合文學第十屆中篇小說推薦獎。

一九九六年十月〈斷裂〉發表於《G & L》雜誌。

一九九七年三月〈在父名之下〉發表於《聯合文學》。

一九九九年出版第一本小說集《童女之舞》。

二〇〇二年〈童女之舞〉改編為同名電視劇（曹瑞原執導）於公共電視播出。

二〇〇二年「臺灣中文筆會」春季號《當代臺灣文學選譯》刊登〈童女之舞〉英文翻譯〈Dance of a Maiden〉。

二〇〇九年〈童女之舞〉日文翻譯〈童女の舞〉收錄於日本東京「作品社」出版之〈台湾セクシュアル・マイノリティ文学3〉。

二〇一二年香港《文學評論》（*Asia Literary Review*）雜誌夏季號收錄〈童女之舞〉英文翻譯〈Dance of a Maiden〉。

二〇一二年復刻版《童女之舞》出版。

新人間叢書 301

童女之舞

作　者—曹麗娟
主　編—羅珊珊
責任編輯—蔡佩錦
校　對—蔡佩錦　江淑霞　曹麗娟
封面設計—朱疋
行銷企劃—王小樨

總 編 輯—胡金倫
董 事 長—趙政岷
出 版 者—時報文化出版企業股份有限公司
108019台北市萬華區和平西路三段二四〇號四樓
發行專線—（〇二）二三〇六—六八四二
讀者服務專線—〇八〇〇—二三一—七〇五
（〇二）二三〇四—七一〇三
讀者服務傳真—（〇二）二三〇四—六八五八
郵撥—一九三四四七二四時報文化出版公司
信箱—10899臺北華江橋郵局第九九信箱
時報悅讀網—http://www.readingtimes.com.tw
電子郵件信箱—ctliving@readingtimes.com.tw
思潮線臉書—https://www.facebook.com/trendage
法律顧問—理律法律事務所　陳長文律師、李念祖律師
印　刷—勁達印刷廠
初版一刷—二〇二〇年七月十七日
初版二刷—二〇二二年十月三日
定　價—新臺幣三二〇元

童女之舞 / 曹麗娟 著. -- 初版. -- 臺北市 : 時報文化, 2020.07
240 面 ; 14.8x21 公分. --（新人間叢書 ; 301）
ISBN 978-957-13-8239-5（平裝）

863.57　　109007840

ISBN 978-957-13-8239-5
Printed in Taiwan